감사합니다

감사
합니다

초판 1쇄 발행 2017년 1월 11일

지 은 이   조태임
발 행 인   권선복
편   집   김정웅
기록정리   한영미
교   정   권보송
디 자 인   이세영
마 케 팅   권보송
전 자 책   천훈민
발 행 처   도서출판 행복에너지
출판등록   제315-2011-000035호
주   소   (157-010) 서울특별시 강서구 화곡로 232
전   화   0505-613-6133
팩   스   0303-0799-1560
홈페이지   www.happybook.or.kr
이 메 일   ksbdata@daum.net

값 15,000원

ISBN 979-11-5602-450-7   03810

Copyright ⓒ 조태임, 2017

도서출판 행복에너지는 독자 여러분의 아이디어와 원고 투고를 기다립니다. 책으로 만들기를 원하는 콘텐츠가 있으신 분은 이메일이나 홈페이지를 통해 간단한 기획서와 기획의도, 연락처 등을 보내주십시오. 행복에너지의 문은 언제나 활짝 열려 있습니다.

조태임 한국부인회총본부 회장이 들려주는 감사 이야기

감사합니다

조태임 지음

도서
출판 행복에너지

이 책은

40여 년간 한국부인회 순천지회,

전남지부 이사장으로 활동해 오시며

어려운 사람들에게 항상 손 내밀어 주셨던,

그리고 지금은 하늘나라에 계시며

너무나 보고 싶고 사랑하는 친정어머니께 바칩니다.

또한

이 책의 수익금은 한국부인회가 펼치고 있는

'폭력 없는 세상 만들기' 운동을 통해

용기와 희망을 찾아가는 여성들을 위해 쓰일 것입니다.

목차

Chapter 4
한국부인회 소비자운동의 부활을 꿈꾸며

부록
한국의 여성운동과 소비자운동(한국부인회를 중심으로)

창밖에는 가을비가 주룩주룩 내리고 있습니다. 지나간 시절을 생각해 보니 이 책 한 권으로는 부족할 정도로 많은 얘깃거리가 있었습니다. 이 책에 아직 담아내지 못한 부분, 그리고 아직까지 내 마음속에 담아두고 싶은 얘기들은 남겨 두었습니다. 언젠가 기회가 주어지면 남겨 두었던 얘기들을 다시 한 번 여러 사람들과 함께 나눌 수 있기를 기대합니다.

이 책을 쓰면서 하루하루 살아가는 동안 순간순간 잊어버리고 있었던 사랑하는 어머니, 아버지를 한 번 더 생각하고 감사드릴 수 있는 시간을 가질 수 있어 기쁘게 생각합니다. 강한 정신력과 절약정신, 도전의식을 물려주신, 이제는 고인이 된 어머니를 그리워하면서 모처럼 행복했던 어린 시절을 생각하고 그리움과 행복함에 젖어보기도 했습니다.

1980년 한국부인회 순천, 전남지부 이사장을 역임하셨던 어머니의 추천으로 박금순 회장님을 만나 뵙고 '봉사야말로 내 꿈을 실현시킬 수 있는 길이다.'라고 결심하고 열정적으로 한국부인회 소비자분과 위원으로 활동했던 30세 즈음부터 60이 넘은 지금까지, 돌고 돌아 전국 17개 시·도 지부 247개 지회의 수많은 여성들과 함께 봉사할 수 있는 한국부인회 총본부 회장이 되었다는 것, 이것은 나 혼자의 힘으로 될 수 없는 운명적인 일이 아니었나 생각해 봅니다.

또한 부록을 정리하면서 느끼는 것이 정말 많았습니다. 1960년대부터 소비자운동을 활발하게 펼쳐왔던 한국부인회가 올해로 54년이 되었습니다. 그동안 여성운동과 소비자운동을 열정적으로 펼쳐오다가 90년대 후반부터 2000년대 초반까지 침체기를 겪으면서, 한 단체의 리더가 얼마나 중요한지 깨달을 수 있는 계기가 되었습니다. 자기희생 없이는 절대 한 단체를 이끌어 갈 수 없다는 것을 새삼 느꼈습니다. 10여 년 침체기의 한국부인회를 돌아보며 더욱 리더의 중요성을 느꼈습니다.

이 책을 쓰면서 앞으로 우리 한국부인회에서 어떠한 방향으로 소비자운동을 펼쳐 나갈 것인지, 여성운동은 어떻게 펼쳐 나갈 것인지 등을 정립할 수 있는 좋은 기회가 되기도 했습니다. 또한 이 책은 단지 우리 한국부인회 회원들에게만 읽혀질 것이 아니라, 작은 시골에서 서울로 올라와 살면서 나름대로 어려운 상황에서도 열심히 세상을 헤쳐 나가며 살아왔던 많은 사람들, 특히 이 땅의 여성들에게 한 번 더 힘을 내라는 얘기를 해주고 싶었습니다. 그리고 생각을 달리하면 기회는 반드시 있다는 것을 알려주고 싶었습니다.

요즘 시대가 많이 달라졌다고 해도 사람이 살아가는 방법은 과거나 지금이나 같다고 생각합니다. 생각을 긍정적으로 하고 성실하게 자기가 맡은 책임을 다했을 때 우리는 크거나 혹은 작거나 자기의 꿈을 이루어 나갈 수 있을 것이라 생각합니다.

부록은 과거 한국부인회의 30년사를 참고하면서 사실에 근거하여 작성했습니다. 지면이 적은 관계로 54년의 세월 동안 한국부인회가 펼쳐왔던 모든 활동내용을 적을 수는 없었습니다. 그래서 사실을 근거로 하여 시대별로 나누고 한국여성운동 변천사와 소비자운동의 변천사 등을 한국부인회를 중심으로 엮어보았습니다.

원래는 2012년 한국부인회 50주년을 맞이하여 한국부인회 총본부 회장으로 선출되면서 『한국부인회 50년사』를 준비하려고 했으나, 30년사 이후 10년의 침체기가 있었거니와 2006년부터 현재까지의 모든 상황을 작성하게 되니 아쉽지만 잠시 출간을 유보하게 되었습니다. 후에 『한국부인회 60년사』를 준비할 때는 큰 도움이 되리라 생각합니다.

저는 회장이 되고 나서 60년대 소비자운동을 처음 시작한 한국부인회의 존재감을 살리기 위해 나름대로 노력했습니다. 그중에서도 소비자운동의 부활을 꿈꾸며 국제소비자연구소 설립과 소비자아카데미를 개설한 것은 소비자운동의 재도약을 위한 큰 성과라고 생각합니다.

2016년 5월 소비자아카데미 개설을 위해 많은 도움을 주시고 기꺼이 전담교수로서의 역할을 해주신 송보경 前서울여대 교수님, 이 자리를 빌려 다시 한 번 감사드립니다. 그리고 부록 정리를 도와주신 이구경 기자님, 자료 준비에 도움을 준 한국부인회 총본부 직원 여러분, 또한 한국부인회 총본부 회장으로서 용기를 가지고 일할 수 있도록 항상 칭찬과 격려를 주신 김경인 명예회장님, 이 책을 통해 진심으로 감사드립니다.

조태임 한국부인회 총본부 회장

Chapter 1
꿈을 밀고 나가는 힘은 '열정'과 '의지'이다

내 고향
순천

나는 전라남도 순천에서 태어나 순천여자고등학교를 졸업할 때까지 죽 그곳에서 살았다. 내 고향 순천(順天)은 '하늘의 순리'라는 뜻을 지닌 지명처럼 산과 바다가 함께 있고, 호수가 어우러진 아름다운 고장이다. 또한 예부터 교육, 교통, 산업, 문화의 중심지이기도 하다.

대학을 다니기 위해 순천을 떠나온 이후 40여 년이 지났지만 나는

지금도 '순천' 하면 가슴이 뛰면서 두 손을 꽉 쥐게 된다. 가슴에 손수건을 달고 엄마 손을 잡고 순천남초등학교 교문을 걸어가던 나의 모습이 오버랩 되면서 절로 미소가 지어진다.

• 성가 유치원 졸업식

65년 전 순천은 그야말로 조용한 시골마을에 불과했다. 모든 것이 풍족하지 않았던 시절이었으니 시골마을이야 말해 무엇 하랴. 동네

에 밥을 먹지 못해 얼굴이 누렇게 뜬 사람들이 부지기수였다.

우리 집은 다행히 아버지가 공무원인 데다 어머니가 부유한 집에서 태어난 덕분에 내 유년시절은 비교적 풍족한 편이었다. 그러나 주변에 너무너무 없이 사는 사람들이 많아서, 나는 어린 나이에도 가난이란 것이 어떤 것인지를 어렴풋이 느낄 수 있었다. 그리고 그 와중에도 우리 어머니와 할머니가 당신들이 가지고 있는 것을 주변사람들에게 아낌없이 베푸는 것을 보면서, 아주 일찌감치 주는 기쁨이 얼마나 좋은 것인지를 깨닫게 되었다.

• 설날 아침 가족사진　　　• 동생들과 함께

당시에는 밥 못 먹고 지내던 언니들이 서너 명씩 우리 집에 와서 시중을 들었다. 밥만 먹여주면 부잣집 심부름을 하는 아이들이 가득했다. 그중 한 명이 바로 인자 언니였다. 언니와의 추억을 떠올리면 늘 아련해진다.

지금까지도 교류를 하고 지낼 정도로 나와 인간적인 관계를 맺고 있는 인자 언니! 언니가 우리 집에 온 것은 9살 때였다. 내 바로 위 오빠와는 3살 차이였고 나와는 6살 차이였다. 공교롭게도 3살씩 차이가 나다 보니 친형제간이나 똑같았다.

인자 언니의 엄마는 소위 '씨받이' 엄마였다. 그 시절에는 오로지 먹고살기 위해 그런 일을 하는 사람들이 꽤 있었다. 아기를 배게 되면 1년 먹을 쌀을 얻을 수 있었는데, 아기가 아들이면 그 집에서 받고 딸이면 받지 않았다. 불행하게도 인자 언니는 딸이었기 때문에 아기를 낳아주는 엄마를 따라다니며 밥을 얻어먹었다. 그러니 당시 언니 몰골이 어떠했겠는가. 얼굴은 온통 땟물이 흐르고 머리는 떡이 지고 이가 뚝뚝 떨어지고 온몸에는 부스럼투성이였다.

인자 언니 모녀가 우리 집에 밥을 얻어먹으러 온 날이었다. 밥을 다 먹고 나서도 인자 언니가 우리 엄마 치맛자락을 붙들고 안 가려고 버티는 것이 아닌가. 모처럼 흰밥을 배불리 먹었으니 인자 언니로서는 그럴 만도 했다.

"이걸 어떡하나… 어떡하나…."

난처해진 우리 엄마가 잠시 머뭇거리더니 결심한 듯 인자 언니 엄마에게 말씀하셨다.

"일단 밥이라도 실컷 먹이게 한 달 정도 놔두고 가시오."

그렇게 해서 인자 언니가 우리 집에 있게 됐는데 한 달이 지나서도 좀처럼 안 가려 했다. 결국 우리 집에 계속해서 살게 되었는데, 덕분에 언니 머리카락의 이가 우리 형제들에게까지 다 옮아서 한바탕 이를 잡고 DDT를 뿌리고 난리법석도 그런 난리법석이 없었다. 옛날에는 이를 잡기 위해 아이들 머리에 DDT를 뿌려서 학교 가면 죄다 머리들이 허옜었다.

　어쨌든 인자 언니는 하루가 다르게 처음의 꾀죄죄한 모습에서 말끔한 모습으로 변해갔다. 오빠가 초등학교에 들어갈 때였다. 언니는 이미 시기를 놓쳐버린 후였지만 오빠가 학교에서 돌아와 한글 공부를 할 때면 몰래 어머니 아버지를 따라하면서 한글을 깨우쳤다. 그러고 보면 꽤 영리했던 것 같다. 인자 언니는 그야말로 내게는 공지영 작가의 유명한 소설 『봉순이 언니』의 봉순이 언니나 마찬가지였다.

　그러던 어느 날 언니와 내가 더 끈끈하게 맺어질 수밖에 없는 사건이 일어났다. 그때는 집집마다 우물이 있었다. 어쩌다가 그렇게 됐는지는 모르지만 언니가 우리 집 뒤 텃밭에 있는 우물에 빠져버렸다. 우물에서 풍덩풍덩 발버둥을 치고 있는 인자 언니를 발견한 것이 바로 나였다. 아주 어릴 때인데도 그 광경이 얼마나 충격적이었는지 아직도 생생하게 기억이 난다. 물속에 머리까지 쑥~ 들어갔다가 곧바로 다시 물 위로 붕~ 떠올랐다가…. 언니는 새파랗게 질려서 살려달라는 비명조차 지르지 못하고 우물 속에서 올라갔다 내려갔다만 반복하고 있었다.

나는 너무 놀라서 고래고래 소리를 치며 앞집으로 달려갔다. 어머니도 외출 중이시라 집에는 아무도 없었고, 앞집에 살고 있는 상이군인 아저씨가 퍼뜩 떠올랐기 때문이다. 그 당시가 6·25 직후인 터라 상이군인들이 마을에 몇 명씩 있었는데 우리 앞집에도 얼굴이 잘생긴 상이군인 아저씨가 살고 있었다.

"아저씨, 아저씨! 사람 살려요!!!"

다행히 아저씨가 내 비명소리를 듣자마자 목발을 짚은 채로 달려 나왔다. 그 길로 아저씨는 우물로 들어가서 목발을 이용해 언니를 끌어내었다. 아저씨도 아저씨지만 나 또한 졸지에 인자 언니의 생명의 은인이 된 것이었으니, 더욱 끈끈한 정으로 맺어질 수밖에….

우리 집에는 인자 언니뿐 아니라 일하는 언니들이 두세 명 더 있었다. 다리가 불편한 언니도 있었는데 나와는 나이 차이가 많이 나서 인자 언니만큼 친하지는 않았다. 그러나 소아마비로 인해 절뚝거리는 다리로 밥값을 하기 위해 열심히 심부름하던 그 언니의 순하디 순한 눈동자를 나는 지금도 잊을 수 없다. 다른 집에 비해 우리 집이 농사를 많이 지어서 먹는 것은 전혀 걱정이 없었기 때문에 우리 집에는 유독 이런 봉순이 언니들이 많이 찾아왔다. 어머니는 그때마다 매정하게 내치는 일 없이 순순히 거둬주셨다.

그 무렵 봄이 되면 봉순이 언니들과 산으로 쑥을 캐러 갔던 기억도 잊을 수 없다. 나는 어릴 때부터 승부욕 같은 것이 있었던 것 같다. 언니들은 잘만 캐는데 시간이 가도 내 바구니만 차지 않는 것 같아 안절부절못했다. 그러다가 어쩌다 한 번 애써 캔 쑥을 보여주면 언니들은 가차 없이 그건 쑥이 아니라 잡초라면서 버리라고 했다. 그게 어찌나 서럽던지 펑펑 울면서도 한편으론 오기가 생겼다.

나도 꼭 언니들보다 더 좋은 쑥을 캐고 말겠다는 생각에 앞뒤 가리지 않고 더 깊은 산으로 올라갔다. 그러다가 그만 언니들을 놓치는 바람에 나 혼자 산속을 헤맨 적이 있다. 그래서인지 지금도 가끔 산을 헤매고 다니는 꿈을 꾼다. 산속에서 길을 잃었던 당시 덜컥 겁이 나서 우왕좌왕하다 보니 발을 헛디뎌 그대로 신작로까지 굴러떨어져 버리기까지 했다. 하늘이 도왔는지 지나가던 어떤 아저씨가 피투성이가 된 나를 보고는 "니 순천시청 조 계장님 딸 아니냐?" 하시는 것이 아닌가. 다행히 그렇게 나를 알아본 아저씨가 그길로 집으로 데려다주셔서 큰 화를 면할 수 있었다.

또 한 번은 멀리 학교 앞 마당에서 놀고 있는데 어디선가 불이 난 적이 있었다. 그게 우리 집에서 난 불인 줄 알고 깜짝 놀라 인자 언니와 오빠, 나 셋이서 가족이라는 한마음으로 서로 손을 잡고 부리나케 달음박질쳐서 집을 향해 뛰던 풍경들도 새록새록 떠오른다.

내가 초등학교에 입학했을 때는 다들 가난했던 시절이라 밀가루 부대로 옷을 해 입은 아이들이 많았다. 그 모습이 떠오를 때면 웃음이 절로 난다. 코를 찔찔 흘리며 허리에는 책 보따리를 묶고 나이가 나보다 몇 살은 더 먹어보이던 코흘리개 남자아이들은 어디서 무엇을 하고 있을까? 순천을 회상하면 이렇듯 어릴 때 추억들이 연이어 튀어나온다.

• 즐거운 소풍

우리 엄마는 내가 딸이니까 예쁘게 꾸며주고 싶어 그때 시절에 처음으로 파마머리를 해주었다. 지금도 파마하려면 시간이 오래 걸리지만, 그때는 무슨 기계가 그리 큰지 모가지가 부러지는 줄 알았다. 아침이면 그 뽀글뽀글한 파마머리에 물을 뿌려서 참빗으로 머리를 빗겨주었는데, 그때마다 머리카락이 다 뽑혀 얼마나 아프던지. 게다가 학교에서 옮은 이가 그 파마머리 속에 숨어 있었다. 빗질을 할 때마다 아파서 칭얼거리면 엄마한테 등짝을 얻어맞기도 하고, 학교 가기 전에 파마머리에 해놓은 쇠막대기들을 빼기 위해 봉순이 언니들이 달려들어 난리법석을 피우고…. 정말이지 생각하면 미소가 절로 지어지는 그런 풍경들이다.

지금 돌이켜보면 그 무렵 우리 집에서 봉순이 언니들과 같이 부딪치고 자라면서 하나의 공동체가 이루어진 것이 아닌가 싶다. 은연중에 아주 어릴 때부터 나는 사회생활 하는 법을 배운 셈이다. 특히 우리 엄마가 생판 남인데도 못 먹고 못사는 사람들을 데려다가 공짜로 밥을 주고, 그 사람들과 관계를 맺는 과정을 죽 지켜보고 자란 나로서는, 엄마에게 보고 배운 대로 먹을 것이 생기면 혼자 먹지 않고 학교에 가서 가난한 친구들에게 하나씩 하나씩 나눠주곤 했다. 아마도 그 마음이 지금의 봉사활동을 할 수 있는 밑거름이 된 것이리라.

엄마는 여기서 그치지 않고 보름날이나 동짓날이면 팥죽 한 그릇이라도 없는 사람들에게 나눠주셨는데, 그때마다 우리 형제들을 다 불러 직접 갖다 주게 함으로써 직접 나누는 기쁨을 맛보게 해주셨다. 그런 시절을 거치면서 내게 생기는 나누는 기쁨과, 내가 베풀었을 때 상대방의 반응을 통해 리더로서의 자부심을 느낄 수 있었다.

우리 엄마는 바깥 일로 늘 바빴기 때문에 나는 막내 남동생을 업고 있는 인자 언니만 졸졸 따라다녔다. 아기가 배가 고파 칭얼대도 그 시절에는 분유가 없었기 때문에 꼼짝없이 엄마가 돌아올 때까지 기다려야 했다. 배가 고픈 아기가 울기 시작하면 나도 울고 언니도 울고….

엄마는 엄마대로 젖이 불어터지는데도 꾹꾹 참다가 일이 끝나고 나서야 집으로 돌아왔다. 허겁지겁 돌아와 목이 터져라 울고 있는 아기에게 젖을 물리려 해도 다 순서가 있었다. 곧바로 젖을 물리게 되면 젖이 너무 많이 나와 아기가 사레들릴 수도 있기 때문에, 할 수 없이 내가 먼저 엄마 젖을 빨아 좀 덜 나오게 됐을 때 아기에게 먹이곤 했었다.

• 가족사진

나는 엄마와 인자 언니의 관계 속에서 자기 배로 낳은 자식만이 자식이 아님을 알았다. 우리 6남매에 인자 언니까지 합쳐 7남매나 마찬가지였다. 어릴 때부터 함께 자랐기 때문에 친형제와 똑같은 마음이었다.

그리고 이러한 관계를 통해 한 가지 더 배운 것이 있다. 언니랑 오빠는 3살 터울이라 걸핏하면 싸우곤 했는데, 그럴 때마다 내가 어찌해야 할지 모르는 상황이 반복됐다. 가운데서 말리느라 오빠한테 "오빠, 왜 그래?" 하면 오빠는 버럭 성을 내면서 "너는 왜 나한테만 뭐라고 해!" 하고, 인자 언니한테 "언니, 왜 그래?" 하면 언니도 화를 내면서 "너 지금 친오빠

• 동생들과

라고 오빠 편을 드는 거야?" 하는 것이 아닌가. 이쯤 되니 내가 어느 편이 되어야 할지 도무지 알 수가 없었다. 하지만 그런 과정이 반복될수록 나는 내가 어떻게 행동해야 현명한 것인지를 조금씩 깨달아 나갔다.

• 오빠와 함께

누구라고 할 것도 없이 다 같이 없이 살던 시절이었지만, 우리 집은 부모님 덕분에 조금 더 가진 것을 남들과 나눌 수 있는 위치에 있었다는 사실에 지금 생각해도 "하느님, 감사합니다!"라는 소리가 절로 나온다. 그래서 더욱 행복한 유년시절을 보내게 해준 내 고향 순천을 사랑한다.

언제나 내 편,
꿈을 키워주신 부모님

• 아버지 전성시대

'아버지'라는 세 음절은 어머니와는 또 다른 울림이 있다. 어릴 때부터 아버지의 사랑과 격려를 많이 받고 자란 나는 더욱 그렇다.

우리 아버지는 순천에서 한참을 더 들어가는 구례군 산동면이라는 조그마한 마을에서 9남매의 막내아들로 태어나셨다. 늦둥이이셨기 때문에 큰형님의 아들 즉 조카와 같이 학교를 다니셨다고 한다. 옛날에는 아이들을 많이 낳았기 때문에 이런 경우가 흔했다. 어쨌든 장손인 조카와 학교를 다니려니 아버지로서는 막내의 설움을 톡톡히 당할 수밖에 없었다. 할아버지께서는 한의원을 하셨으나, 이미 연로하셔서 큰아버지가 경제권을 갖고 있었기 때문이다.

실제로 아버지가 소학교를 졸업하자마자 형님이 부르시더니 말씀하셨다고 한다. "너는 이제 소학교를 졸업했으니 농사를 지어라. 조카는 장손이니 중학교를 보내야 하지 않겠니. 그러니 너는 나를 도와 농사를 지어라." 하시면서 아버지 몸에 맞을 나무지게를 내밀었단다. 그 말을 듣는 순간 섭섭한 마음도 없지 않았으나, 그 시절에는 그런 것이 당연하다고 생각해 아버지는 반쯤 포기하고 있었다고. 평소 손에서 책을 놓지 않을 만큼 공부하는 것을 좋아하던 아버지의 그때 마음이 어떠했을지…. 지금 생각하면 내 마음이 다 먹먹해진다. 그런데 그 얘기를 들은 할머니가 눈물을 흘리시면서, 어디서 구했는지 모를 쌀 한 말을 식구들 몰래 아버지에게 불쑥 내미셨다고 한다.

"우리 막둥이, 농사짓지 말고 이걸 팔아서 너 힘으로 도회지에 나가서 공부를 해라."

하루 세 끼 먹기도 쉽지 않았던 시절에 어머니가 자신을 위해 이 집 저 집 돌면서 쌀을 구했을 생각을 하니 아버지의 마음은 찢어졌을 것이다. 아버지는 그길로 쌀 한 말을 둘러멘

• 친할머니

채 몇십 리 길을 걸어서 외지로 나왔다. 그때부터 모질게 결심을 하고 누구의 도움도 없이 독학으로 공부하여 순천시청의 공무원이 되

• 어머니의 오동도 나들이

셨다. 혼자서 인내하고 모든 것을 참고 살아오셔서 그런지 아버지는 말수가 적고 조용한 분이셨다. 그러고 보면 우리 아버지의 인생만 써도 소설책 한 권은 될 것 같다.

어머니는 아버지와 정반대였다. 광양 출신의 여유 있는 집안의 딸이었던 외할머니는 논 몇천 평에 하인들까지 거느리고 순천으로 시집을 오셨다. 자식도 많이 낳으셨는데 우리 어머니는 막내딸이었다. 워낙 자식들이 많았지만 그중에서도 큰외삼촌은 대구사범대를 나오시고 동경으로 유학까지 다녀오셨다고 한다. 그리고 큰외삼촌은 순천에서 최초의 판사가 되셨고 둘째, 셋째 외삼촌도 순천시장과 교육감을 지내실 정도로 순천에서는 둘째가라면 서러울 집안이었다.

현실적으로 따지고 보면 우리 아버지와 어머니는 만날 수 없는 간극이 있는 사람들이었다. 그러나 사람이란 만날 운명이 있으면 어떻게 해서든 만날 수밖에 없다. 그것을 '인연'이라고 하지 않던가.

어느 날 둘째 외삼촌이 계시는 순천시청에 젊은 총각이 한 명 들어왔는데, 삼촌 보시기에도 인물도 좋고 야무져 보였다고 한다. 다만 집안 배경이 너무 없는 것이 맘에 걸려 시간을 좀 두고 지켜보시다가, 갈수록 아버지의 사람 됨됨이와 똑똑함에 믿음이 가 우리 어머니를 만나게 해주셨던 것이다. 훗날 아버지는 "너희 엄마가 나한테 첫 눈에 반해서 하도 결혼해 달라고 올고불고 떼를 써서, 아버지가 할 수 없이 동정심에 승낙하고 결혼해 주었다."라며 어머니를 놀리시곤 했다.

• 어머니 아버지 결혼식

어머니는 어려움 없이 자라셨지만 생활력이 무척 강하고, 반대로 아버지는 어려운 가정에서 일찍 객지생활을 하셨어도 '착실'과 '정직' 그 자체였다. 그 당시 시청 공무원 월급은 말도 못할 정도로 박봉이었다. 달콤한 신혼생활을 즐길 새도 없이 두 분은 최소 생활비 이외에는 단돈 십 원도 허투로 쓰지 않았고, 그렇게 허리띠를 매고 알뜰살뜰 모은 돈으로 마침내 산등성이에 조그마한 땅을 장만하실 수 있었다. 땅을 장만하고 나서는 두 분이 얼마나 좋으셨던지 밤을 새우는 줄도 모른 채 아버지가 자전거 뒷좌석에 어머니를 앉히시고 하루에도 몇 번씩 그 땅을 둘러보고 다니셨다고 한다.

그런 와중에 6·25가 터졌다. 고위공무원인 외삼촌들이 부산으로 피난을 내려갈 때 아버지도 삼촌들을 따라나섰다. 어머니는 아버지와 헤어진 채로 갓난아기였던 오빠를 업고, 순천에서도 한참 더 들어가는 친정집 머슴으로 있었던 용태네 집으로 친정식구들 틈에 끼어

피난을 갔다 한다. 두 분이 따로따로 가게 되자 그동안 모아두었던 돈을 반씩 나누어서 각자 전대에 멘 채, 꼭 살아서 보자고 굳은 결의를 하고 헤어졌다고 한다.

폭격기가 뜨기만 하면 피난민들이 사방으로 흩어져서 숨기를 수십 번. 특히 아기를 업고 가야 했던 어머니가 고생이 극심하셨다. 그런데도 어머니는 피신하는 동안은 물론이고 겨우겨우 도착한 용태네 집에서조차 전대를 한 번도 풀지 않아, 그 자리에 땀띠가 났을 정도였다고 한다. 다른 사람들은 밤이 되면 너무 더워서 폭격이 멈춘 틈을 타 시냇가로 목욕을 하러 갔는데, 우리 어머니만큼은 아기와 전대를 지키기 위해 한자리에서 꼼짝도 하지 않으셨다는 것이다. 이런 어머니의 모습에서 나는 또 한 번 한국 여인의 강인함을 느낄 수 있었다.

• 부모님의 행복한 시절

그 후 천신만고 끝에 두 분이 다시 만났을 때 과연 누구의 돈이 남아 있었겠는가? 당연히 피난길 내내 한 번도 전대를 풀지 않았던 어머니였다. 아버지의 전대는 통째로 없어지고 말았다. 누군가에게 도둑을 맞은 것이 아니라, 아버지 스스로 그 피 같은 전대를 내어주었다는 사실이 더 충격이었다.

아버지가 먼저 부산에 도착했을 때, 무슨 운명의 장난처럼 아버지의 희생으로 공부시켰던 큰조카를 만나게 된 것이다. 그 당시 조카는 유학까지 다녀와 목에 힘 깨나 주고 다녔는데 아버지를 만날 때마다 자기가 돈만 있으면 큰 사업을 할 수 있으니 돈 있으면 좀 내놔 보라고 채근하였다고 한다. 아버지는 '그래, 그래도 저놈은 많이 배웠고 우리 집안의 장손이니 내가 이 전대를 메고 죽느니 그냥 주는 게 낫겠다.'라고 생각하시고는 전대에서 십 원 한 장 꺼내지 않고 그대로 넘겼다는 것이다.

돈을 공짜로 내어준 것이나 다름없지만 그래도 아버지는 한편으로 조카를 굳게 믿고 있었다. 그러나 아버지의 바람과는 달리 큰돈은 커녕 원금조차 되돌아오지 않았다. 그 무렵 좀 배우고 잘사는 사람들 중에 아편을 하는 사람들이 꽤 있었다. 나중에야 안 일이지만 부모님의 피땀이 서린 돈이 조카가 아편 사는 데 쓰일 줄 누가 상상이나 했겠는가. 그 귀중한 돈을 하루아침에 날려버린 것이다. 그리고 그 조카는 현실에 적응하지 못하고 불행하게도 권총자살로 생을 마감했다고 한다.

재산이 졸지에 반으로 줄어든 셈이어서 상심이 너무 크셨지만, 그래도 어머니는 한 번도 아버지를 탓하지 않으셨다고 한다. 오히려 언제까지 절망만 하고 있을 수는 없다며 두 주먹을 불끈 쥐고, 그 전쟁의 폐허 속에서도 어머니가 지켜낸 돈을 종잣돈으로 해서 다시 시작하기로 결심한 것이다. 순천으로 돌아온 후 아버지는 복직이 돼서 공무원 생활로 돌아가셨고, 어머니는 마침 동네에 헐값에 나온 양조장을 그 종잣돈으로 인수하셨다. 그리고 보면 사람이 죽으라는 법은 없는 모양이다. 불운이 지나가니 곧바로 행운이 찾아들었다. 시세보다 훨씬 싸게 양조장을 인수할 수 있었기 때문이다. 그리고 드디어 그때를 전환점으로 해서 나의 어머니 서봉희 여사는 전업주부에서 사업가로의 변신에 성공하였다.

• 부모님과 오빠와 함께한 어린 시절

전쟁이 끝나자마자 내가 태어났고 이후 줄줄이 동생들이 태어났다. 나는 3남 3녀 중 맏딸로 오빠와는 3살 터울이다. 그때 당시 공무원들은 전근을 많이 다녔는데 시청 공무원인 아버지 역시 예외가 아니었다. 아버지가 도청으로 전근 발령이 나는 바람에, 어머니 혼자 우리 6남매를 키우고 양조장 일까지 하셔야 했으니 얼마나 힘이 드셨겠는가. 그러나 역시 우리 어머니 서봉희 여사였다. 나에게는 우리 어머니의 담대함을 증명하는 일화가 여러 개 있는데 그중 하나를 소개한다.

내가 초등학교 4학년 때였다. 밤늦게 집에서 키우던 세퍼드가 심하게 짖기 시작했다. 어머니는 바로 도둑이 든 것을 직감하셨는지 자고 있던 우리들을 다 깨웠다. 아버지는 광주에 계실 때였으니 올망졸망한 우리들 6명에 어른이라고는 어머니뿐이었다. 어머니는 우리에게 파리채, 몽둥이, 방망이 등을 하나씩 쥐여주셨다. 어머니는 혼자서는 안 돼도 여러 명이 힘을 합치면 된다는 것을 아셨던 것이다. 우리들이 자다 깬 눈을 비비며 어리둥절하고 있을 즈음 계속 짖던 세퍼드가 갑자기 조용해지는 것이 아닌가. 그 순간 어머니의 우렁찬 목소리가 들려왔다.

"다 함께 나서라, 야!!!"

앞장서는 어머니의 뒤를 따라 일하는 언니부터 차례대로 오빠, 나, 동생들이 일제히 발소리를 쿵쿵 내면서 개집으로 향했다. 나는 아직도 우렁찬 목소리로 "야!!!" 하면서 용감하게 진두지휘를 하시던 어머니의 모습을 잊을 수가 없다.

그렇게 일렬종대로 집 안 한 바퀴를 돌아 개집으로 가니 세퍼드는 이미 도둑놈이 던진 쥐약을 먹고 죽어 있었고, 도둑놈은 후다닥 도망을 치고 있었다. 만약에 우리 어머니가 혼자 어른이라고 우리들을 놔두고 나섰더라면 오히려 큰 봉변을 당했을 터. 어머니의 판단이 옳았던 것이다. 아이들이 됐든 뭐가 됐든 여러 명의 발소리가 나니까 도둑놈이 지레 겁을 먹고 도망친 것이다.

이 일화만 보더라도 우리 어머니가 얼마나 대담하고 재치 있으신 분인지 알 수 있다. 순발력과 기지를 발휘해서 도둑을 쫓아낸 것이 아닌가. 마침내 도둑놈을 쫓아내고 모두 둘러앉았을 때 우리들을 바라보던 어머니의 모습은, 전쟁터에서 승리한 장군의 모습 그 자체였다. 지금까지도 그 모습을 잊을 수가 없다.

또 한 가지 우리 어머니 하면 빼놓을 수 없는 것이 그 옛날부터 여성의 리더십을 발휘한 점이다. 다 망해가는 양조장을 인수해 혼자 힘으로 운영하시면서 어머니의 리더십은 더욱 빛을 발했다. 당시만 해도 여성이 바깥일을 하면 대부분 우습게 여기던 시절이었다. 그러나 어머니는 주변의 그런 시선들을 전혀 개의치 않으셨다.

무엇보다 직원들을 내 가족처럼 살뜰히 챙기셨다. 저녁이면 직원들을 모아서 노래자랑을 시키신 후 손수 준비해 놓은 선물들을 주시고, 직원들의 가족들까지 전부 보살펴 주셨다. 즉 이미 그때 우리 어머니는 직원들과 소통이 된 것이다. 일단 소통이 되니까 사업이 급속도로 번창하기 시작하여 돈이 쏟아져 들어왔다.

당시는 은행에 돈을 저축하던 시절도 아니어서 현금으로 집에 보관했는데, 저녁이면 현금이 엄청나게 쌓였다. 어머니께서는 조무래기 아이들을 앉혀놓고 그 돈을 하나하나 세어 반듯이 묶어놓게 했다. 우리는 정말 그때 공부하는 것보다 밤새 돈을 세는 것이 더 급선무였을 정도였다. 돈을 세서 100장씩 한 묶음으로 만들어 자루에 담고, 또다시 숫자를 세고…. 그렇게 반복하다 보면 어느새 자루에 하나 가득 돈다발이 들어 있었다. 지금 생각해 보면 작은 돈을 모으면 큰돈이 된다는 것을 직접 경험하게 만드신 바로 어머니만의 경제교육이었던 것 같다.

그렇게 순천에서 어머니의 사업은 승승장구했다. 차곡차곡 돈을 벌어 건물을 사셨는데, 거기에 중국집이 세를 들게 되었다. 순천 시내에 중국집이 한두 군데밖에 없을 무렵이었다. 아직도 기억나는 것이 세 들어 있던 중국인들이 종종 진수성찬의 중국요리를 만들어 꼭 상째로 옮겨다 주곤 했다는 점이다. 그들만의 건물 주인에 대한 대우였으리라 생각한다.

어머니는 거기서 그치지 않고, 돈이 모아지면 또다시 새로운 사업을 위해 조금씩 영역을 넓혀 나갔고 그것들도 하나같이 다 번창했다. 어머니의 수완과 노력, 그리고 사업의 노하우가 생겼기 때문이다. 그래서 나중에는 순천 시내에서 극장, 예식장 등을 운영하시게 되었다.

이런 바쁜 중에도 어머니는 아버지가 집에 계실 때는 손수 음식을 만드셔서 아버지를 최고로 대우해 주셨다. 지금도 "태임이 아버지, 맛있소? 간이 맞소?" 하고 아버지를 바라보던 어머니의 모습 또한 내 머릿속에 각인되어 있다. 그 덕분에 나는 결혼 후에 되도록이면 일을 도와주는 사람이 있어도 남편 음식만큼은 직접 해주는 것을 당연한 것으로 느낄 수 있게 되었다. 나의 어머니이지만 같은 여성으로서 정말 존경받으실 만큼 대단하신 분이었다.

어머니만큼 내가 존경하는 분이 우리 아버지이다. 광주에서 주말에만 순천으로 내려오셨는데, 집에 오시면 꼭 우리 6남매를 쪼르르 앉혀놓고 말씀하셨다.

"자, 누구든 하고 싶은 말이 있거든 일어나서 발표해 보거라."

그러면 우리는 자기 능력껏 일어나 발표를 하였다. 나는 언제나 다른 형제자매들이 쭈뼛거리는 동안 벌떡 일어나서 큰 소리로 또박또박 이야기하였다.

"아버지, 오늘 학교에서 이러이러한 일들이 있었습니다."

그러면 아버지가 무척 대견해하시면서 나를 그렇게도 예뻐해 주셨다. 어쩌면 아버지에게 예쁨을 받으려고 더 열심히 발표를 했는지도 모르겠다. 종종 발표할 것이 없으면 책을 읽고 그 내용을 얘기했다. 아버지는 발표한 사람에게는 지폐를 한 장씩 쥐어주셨는데, 나는 그때마다 집에 일하러 오는 이모에게 팬티에 주머니를 만들어 달라고 해서 그 속에 지폐를 넣고 옷핀으로 위를 잠가 돈이 빠져나오지 않게 했다. 그렇게 아버지에게 돈을 받아서 한 푼도 쓰지 않고 차곡차곡 모으기 시작했다.

내가 중학교에 다닐 즈음이었다. 학교에서 영화 단체관람을 가곤 했는데 돈이 없어서 절반도 못 가는 경우가 많았다. 그때의 시골은 정말 어려워서 도시락도 못 싸오고 납부금도 못 내는 친구들이 대다수였다. 나는 그런 친구들에게 조금이나마 도움을 주고 싶어서 아버지가 주신 돈을 쓰지 않고 모아두었던 것이다. 그리고 그 돈을 어려운 친구들을 위해 마음껏 써주었다.

나는 참으로 행복한 유년시절을 보냈다고 생각한다. 훌륭하신 부모님 덕분에 온 나라가 가난하던 시절에도 먹고 싶은 것을 원 없이 먹고 살았기 때문이다. 그것만으로도 감사한 일인데 거기서 그치지 않고 어릴 때부터 없는 사람들에게 베푸는 어머니의 모습을 보면서 자랐기 때문에 나중에 나도 꼭 그래야겠다는 마음을 갖게 되었고, 그것이 훗날 내가 참된 봉사자의 길을 걸어갈 수 있는 토대가 된 것이라고 생각한다. 그리고 아버지의 무한한 사랑! 나는 아버지를 통해 부모의 사랑이 바로 인성교육이라는 깨달음을 얻었다. 아버지는 항상 나에게 발표할 기회를 만들어 주셨고, 그에 따른 상금을 주셨고,

그 상금을 또 남에게 베풀 수 있는 기회까지 주신 셈이다.

어린 시절부터 육십이 넘은 지금까지 내가 남에게 주면서도 아깝지 않고 기쁜 마음으로 나눌 수 있다는 것 자체가, 그때 부모님이 내게 주신 크나큰 선물이 아니었는가 생각해 본다.

• 부모님 전성시대

반짝반짝 눈이 부신
유년의 추억

순천 바로 옆 여수에는 오동도 다리도 있지만, 검은 모래가 유명한 만성리 해수욕장이 있었다. 여름이면 온 가족이 함께 천막 치는 천과 나무막대기, 온갖 음식 등을 끌고 기차를 타고 만성리 해수욕장을 가곤 했다.

갈 때마다 느꼈던 것이지만 여행을 하면서 어머니와 아버지는 서로 의견이 달라 싸우시기가 일쑤였다. 어린 마음에 나는 속으로 '이렇게 싸우려면 뭐 하러 여행을 가는 거지?'라고 생각했었다. 그렇지만 이제 와 생각하니 그것이 바로 두 분의 사랑싸움이 아니었나 싶다.

지금도 가끔 만성리 해수욕장에서 길을 잃고 헤매는 꿈을 꾼다. 내가 7살 정도쯤 됐을 때였나? 어렴풋이 기억나는 것은 소변을 보러 혼자 천막에서 나왔던 것 같은데, 소변을 보고 나서 막상 우리 천막을 찾으려니 찾을 길이 없었던 것이다. 다들 비슷비슷한 천막들이 즐비해서 어린 나로서는 구별하기가 쉽지 않았다. 얼마나 겁이 났던지! 다행히 한참을 헤맨 끝에 찾기는 했지만, 나는 아직도 즐비한 천막 사이로 애가 닳게 우리 천막을 찾아 헤매던 꿈을 꾸고 한다.

아버지와의 추억 중에도 빠질 수 없는 것이 있다. 순천은 여수가 가까워서 어깨에 통을 메고 "장어 사세요, 멍게 사세요, 해삼 사세요." 외치며 돌아다니는 장수들이 많았다. 자식들을 모아놓고 먹이는 것을 좋아하셨던 아버지는 그 소리가 들릴 때마다 불러 세워서 우리에게 사주시곤 했다. 지금도 나는 해삼만큼은 그때처럼 통째로 먹어야 먹는 맛이 난다. 아름다운 영화 속의 한 장면처럼 내게는 아름다운 추억들이다.

• 여수 만성리 해수욕장 가족과 함께

한편 순천에는 천주교에서 운영하는 유치원이 있었다. 이름은 '성가' 유치원이었다. 망토 같은 검은 옷을 입은 수녀님들이 아이들에게 무용도 가르쳐 주고 노래도 가르쳐 주었다. 처음에 오빠가 유치원에 갈 때 나는 '깍두기'로 따라다녔다. 그러다가 내가 나이가 되어 정식으로 유치원을 다니게 되니 2년 이상을 유치원을 다니게 된 셈이다. 성가 유치원에서는 간식시간이 되면 강냉이 죽과 단단하게 굳은 우유를 주었는데 얼마나 맛있었던지….

그리고 미국에서 구호물자가 도착하면 유치원생들에게도 한두 개씩 옷과 구두 등을 나누어 주곤 했는데, 그 옷들을 입고 있는 아이들을 지금 생각하면 웃음이 나온다. 미국에서 온 구호물자 중에는 공주님이나 입을 법한 원피스와 검정 구두처럼 정말 예쁜 것이 많아 재수가 좋으면 그런 옷을 얻어 입을 수 있었다. 그런데 그것을 얻어 입은 아이들 중 몇몇은 다른 사람 옷을 입은 것처럼 어울리지 않아서 우스웠던 것이다.

지금도 잊히지 않는 일이 있다. 학예회 날이었다. 나와 몇 명의 아이들이 뽑혀서 신부 드레스 같은 옷을 입고 머리에는 하얀 면사포를 쓰고 춤을 추게 되어 있었는데, 바쁜 엄마는 내 머리에 쓸 면사포를 미처 준비하지 못했었다. 위기에 강한 엄마는 어쩔 수 없이 현장에서 입고 계시던 속치마를 뜯어서 내 머리에 둘러 주었다. 그렇게 나는 엄마의 속치마를 쓰고 춤을 추었다. 어릴 때였으나 다른 아이들과 나의 면사포가 다르기에 춤을 추면서도 부끄러운 생각이 들어 자꾸 춤동작을 놓쳤던 기억이 지금도 난다.

면사포를 준비하지 못해 당황스런 상황에서도 순간적인 센스로 위기를 모면하신 우리 어머니! 세상에, 당신 속치마로 면사포를 대신할 줄 누가 알았겠는가. 정말 대단하신 어머니였던 것 같다. 이러한 위기 대처능력과 임기응변에 강한 면은 내가 어머니를 꼭 닮은 것 같아 이때가 떠오를 때면 나도 모르게 미소를 짓게 된다.

• 유치원 무용대회

반장이라는 책임감
- 봉사의 기틀

초등학교 시절을 지나 중학교에 가게 되었다. 그때 순천여중은 시험을 봐서 학생을 뽑았다. 중학교 시절 이야기가 나오면 우리 어머니가 항상 하는 얘기가 있다. 입학시험을 보는 날 자식들을 들여보내고 엄마들은 다 교문 앞에서 기다리고 있는데, 저 멀리서 내가 제일 먼저 시험을 끝내고 힘차게 팔을 휘저으면서 나오더라는 것이다. 어머니는 제대로 시험을 본 건지 아닌지 걱정하고 있는데, 내가 너무 씩씩하고 당당해서 곧바로 마음을 놓으셨다고 한다.

여기서 내 성격을 판단할 수 있다. 나는 어릴 때부터 무슨 일이든 심사숙고하면서도 순간 판단을 잘했다. 그리고 절대로 내가 선택한 것에 한해서는 후회하지 않았다. 내가 선택한 부분에 대해서 다소 잘못된 것이 있어도, 그 또한 내가 선택한 것이기 때문에 책임도 내가 지는 것이 당연한 것이다.

나는 그렇게 순천여중에 입학하여 3년간 반장을 맡게 되었고 순천여고에서도 3년간 반장을 맡았다. 한편 그때 당시 한창 적십자 운동이 펼쳐지고 있었는데, 나의 눈에 왠지 모르게 빨간 적십자 마크가 강하게 들어왔다. 곧바로 가입하여 적극적으로 활동하면서 결국엔 청소년 적십자 단장까지 맡게 되었다.

지금도 잊히지 않는 것은 이 무렵에 전라남도 지역의 적십자사 봉사단 학생들을 대상으로 한 글짓기 대회에 나가 1등을 한 것이다. 그래서 부상으로 물감과 학용품 등을 잔뜩 받았던 기억이 난다. 글짓기뿐 아니라 그림, 만화 그리기 대회에서도 모두 상을 휩쓸었다. 그러고 보면 나는 예능 쪽에 소질이 있었던 것 같다. 지금도 시간만 나면 글쓰기를 좋아한다.

이 눈부셨던 청소년기에 나는 아주 값진 경험을 하게 되었다. '리더십이란 이런 것이구나!'를 실제로 느꼈던 계기가 있었던 것이다. 당

• 나의 학창시절

시 사춘기여서 그런지 청소시간만 되면 도망을 치는 아이들이 대다수였다. 결국 반장이라는 책임감 때문에 아무도 없는 텅 빈 교실에서 혼자 청소를 하면서 내가 느낀 감정은 의외로 슬픔이 아닌

• 학창시절 가야금 연주

기쁨이었다. 나는 그냥 묵묵히 즐겁게 청소를 했다.

그런 일이 반복되자 아이들끼리 다 도망가 버렸는데 대체 누가 청소를 해놓은 것이냐고 궁금해하기 시작했고, 반장이 했다는 것을 알게 되니까 하나씩 도와주는 친구들이 생겼다. 처음에는 한 명이 돕고 그 다음에는 두 명이 돕고, 그렇게 도우러 온 친구들은 나와 베스트 프렌드가 되고, 결국 전체로 확산되어 모든 반 친구들이 함께 청소를 하게 된 것이다.

이때 나는 '리더란 몸을 낮추고 제일 먼저 밑바닥에서 봉사하는 사람이구나.'를 절실히 깨달았다. 위에 서서 명령만 내리는 것이 아니라 밑바닥에서 몸소 낮춰졌을 때 모든 사람들을 다스릴 수 있다는 것을 중·고등학교 다닐 때 터득하게 된 것이다. 이런 식으로 반 친구들에게도 무조건적인 신뢰를 얻었기 때문에 공부는 항상 1등은 아니었지만 중학교 1학년 때부터 고3 때까지 한 번도 놓치지 않고 반장을 할 수 있었다.

따지고 보면 이때의 경험들이 현재 수많은 회원을 이끄는 한국부

인회 회장직을 맡아 봉사를 할 수 있게 된 기틀이 된 것 같다. 어떤 모임이든지 별별 사람이 다 있기 마련이다. 물론 순수하게 봉사하는 분들이 훨씬 많겠지만 간혹 트러블메이커부터 이상한 성격을 가진 사람들도 있다. 그러나 그런 성격을 가진 사람이라 해도 봉사하려고 나온 사람을 들어가라고 할 수도 없는 노릇이고, 그런 사람까지 아우르는 기술이 있어야 그야말로 진정한 리더가 될 수 있는 것이라고 생각한다.

나는 지금도 행사를 하는 곳에 들어가면 무조건 큰 소리로 "파이팅!"이라고 외친다. 그러면 조용히 앉아 있던 회원들도 덩달아 외친다. 리더의 위치에 있는 사람부터 솔선수범해야 상대의 신뢰도 얻을 수 있는 것이다. 그 덕분에 이제 회원들은 내가 부르면 "회장님, 우리 무슨 행사입니까?"라고 묻지도 따지지도 않고 나온다. 그 정도의 신뢰감이 형성되어 있었기 때문에 그동안 한국부인회가 어려운 상황에 있을 때에도 쓰러지지 않고 재건될 수 있었던 것이라고 생각한다.

• 순천여고 세일러복 시절

순천여중·고의 교복은 세일러(Sailor)복이다. 그 세일러복을 입고 순천여중·고를 다녔던 아름다웠던 시절, 주변의 남학생들에게 세일러복을 입은 순천여고생들은 많은 인기가 있었다. 세일러복은 거친 바다를 항해하는 해군의 제복을 본뜬 옷이다. 순천여중·고는 인생의 바다를 항해하면서 눈보라나 태풍을 만나도 용기 있고 지혜롭게 헤쳐 나가라는 의미에서 세일러복을 입게 했다고 한다. 또한 반 이름도 예향의 도시 순천답게 1반, 2반… 하는 식이 아니라 송반, 매반, 죽반… 등이었던 점이 아직도 기억에 남아 있다. 눈부신 10대에 순천에서 입었던 세일러복! 그 교복은 내 인생의 유니폼이었다.

• 친구들과 함께

여대생 상경일기,
순천에서 서울로

우리 어머니의 사고방식에 딸은 공부를 잘하는 것보다 무조건 예쁘고 얌전하게 키워서 좋은 남자한테 시집보내는 것이 최고였다. 그런데 나는 얌전한 여동생들과는 달리 굉장히 호기심이 많고 활달했었다. 즉 어머니가 원하시는 현모양처가 꿈이 아니었던 것이다.

초등시절부터 나는 여자인데도 불구하고 개구쟁이였다. 밤이 되면 친구들과 함께 과외 공부하던 선생님 댁 담 위에 올라가 감을 따기도 하고, 어느 날인가는 친구들끼리 해수욕장에 간다며 짐을 꾸리는데 부모님이 올해 점괘가 물에 빠져 죽는 괘이니 절대 가면 안 된다고 허락해 주지 않으시는 바람에, 몰래 짐을 싸서 담벼락에 던지고 친구들은 그 짐을 받아서 튀곤 했을 정도로 말괄량이였다.

그러한 나였는데, 어머니는 빨리 시집을 보내겠다며 고등학교 때부터 내 신랑감을 찾기 시작했다. 그래서 소문에 누구 집 아들이 서울대에 합격했다 하면 무조건 장학금을 지급해 주고, 방학이 되면 우리 오빠 가정교사로 들여서 그 사람의 성격 등을 보는 등 장래 사윗감을 얻을 꿈에 부풀어 있었다. 어머니의 소신은 '내 아들은 내가 맘대로 못 하지만, 잘 키워놓은 남의 아들을 내 아들로 삼으면 된다. 즉 사위를 잘 얻으면 된다.'였다. 당신이 마음에 드는 사위를 찾아 나와 맺어주고 싶어 하셨던 것이다. 정말이지 대단한 어머니였다. 자식을 위해서라면 어떤 일이라도 하실 수 있는! 부모의 희생이 무엇인지, 사랑이 무엇인지 몸으로 보여주신 훌륭한 어머니였다.

그런 이유로 어머니께선 방학 때마다 장학금을 받은 학생들을 우리 집으로 초대했는데, 그중 욕심나는 사람을 어떻게든 나와 연결시켜 주려고 하셨다. 그때는 그게 왜 그렇게 싫었는지 모른다. 아마 그게 나의 성향이었던 듯싶다. 아무리 어머니라도 어머니가 시키는 대로만 하는 것이 싫었다. 그래서 나는 방학 때 우리 집에 오는 학생들을 좋아하지 않았고, 특히 마음에 들지 않는 사람에게는 키우는 셰퍼드를 풀어서 근처에도 못 오게 했다. 어린 마음에도 '아니, 나를 좋아해야지. 배경을 보고 오는 사람은 내 스타일이 아냐.'라고 생각했던 것 같다.

어쨌든 간에 나의 순천 시대가 막을 내렸다. 중앙대학교에 합격을 하여 서울로 상경하게 된 것이었다. 어머니 머릿속에는 이미 당신이 원하는 사윗감이 딱 그려져 있기 때문에, 대학에 가서도 내게 남자친구를 함부로 만나고 다니지 말라고 신신당부하셨다.

당시 상도동에는 '세레나의 집'이라는 데가 있었는데 필리핀에 무관으로 다녀온 사람이 만든 일종의 고급 하숙집이었다. 그때 시세로 보통 하숙비가 5만 원 정도였는데 그 2~3배가 넘는 비용이 드는 곳이었다. 서울에 처음으로 올라와 그 집에 도착하니, 세상에! 뜨거운 물이 펑펑 나오는 목욕탕에 피아노까지 있으니 그야말로 별천지였다. 우리 집이 부유했다고는 하나 순천과 서울은 차원이 달랐다.

그런 집에서 하숙을 시작했는데 무슨 이유인지 아침만 되면 카레라이스를 해주는 게 아닌가. 거기에 시뻘건 총각김치가 따라 나왔다. 나는 카레라이스라면 질색이었고 총각김치도 별로 좋아하지 않았지만 당시만 해도 여대생이 혼자서 외식을 한다는 것은 힘든 일이어서 아침마다 억지로 먹었던 기억이 난다. 이렇게 '세레나의 집'은 좋은 추억도 있지만, 시골에서 막 올라온 소녀에게는 충격적인 여러 광경을 경험하게 해준 곳이기도 하다.

• 모교를 찾아서

'세레나의 집'에는 당시 초등학교 1~2학년 정도 되는 갸름한 얼굴에 주근깨가 있어 오이씨 같은 외모를 가진 시골에서는 좀처럼 보기 힘든 소녀 한 명과 일하는 언니, 그리고 깜짝 놀랄 정도의 미모인 그 집 안주인, 이렇게 세 사람이 살고 있었다.

주변 사람들에게 들은 얘기로는 그 집의 소녀 세레나의 아빠는 장군(별 하나)이었는데 비행기 사고로 돌아가셨고 안주인은 그렇게 딸 하나와 살고 있는 과부라고 했다. 그런데 안주인의 미모가 얼마나 뛰어난지 내 눈에는 미국 영화배우 오드리 헵번하고 너무나 흡사해 보였다. 한국 사람이라는 생각이 안 들 정도로 이국적인 외모였는데 내가 태어나서 처음 예쁜 사람이라고 느낀 사람일 정도였다. 당시 30대 후반쯤 되었을까? 항상 머리를 뒤로 기생처럼 붙여서 비녀를 꽂고, 옷은 검정색 드레스를 주로 입었다. 어찌 생각하면 안 어울릴 것 같지만 얼마나 멋스럽게 어울리던지, 지금까지도 나는 그렇게 예쁜 자연 미인은 본 적이 없다. 한편 금자라는 이름을 가진 그 집에서 일하는 언니는 대학생인 나하고 친해지고 싶어서 묻지도 않은 그 집의 비밀을 얘기해 주곤 했다.

어느 날은 세레나의 집에 손님들이 왔다. 그들을 보는 순간 나는 깜짝 놀랐다. 세레나와 너무나 똑같이 생긴 한 여인이 눈에 띄었기 때문이다.

'아니, 어쩌면 세레나는 저렇게 예쁜 엄마는 안 닮고 저 여자하고 똑같이 생겼지?

    나는 아무것도 모르고 금자 언니에게 "세레나하고 저 손님하고 어찌 저리 닮았을까?" 하고 말을 건넸다. 그러자 언니는 입에다가 손가락을 가져가면서 "쉿!" 하는 것이었다. 어찌 남남끼리 얼굴이 저렇게 닮을 수 있을까? 오이처럼 길쭉한 얼굴, 그리고 눈 밑에 갈색 주근깨가 깨 뿌리듯이 뿌려져 있는 것까지 정말 기막히게 닮아 있었다. 나는 밤에 너무나 많이 닮은 두 사람 생각에 잠을 이룰 수 없었다. 다음 날 말하기 좋아하는 금자 언니가 가까이 오더니 궁금해하는 나에게 당시로서는 소설 같은 얘기들을 들려주었다. 처음에는 호기심으로 듣다가 나중에는 그 아름다운 여성의 가슴속에 들어 있는 슬픔을 알게 되었다. 여자의 운명에 대해 생각해 보는 계기가 되었던 것이다.

    얘기인즉 세레나의 아빠가 육군사관학교에 다닐 때 세레나의 엄마를 알게 되어 둘은 서로 사랑하는 사이가 되었고, 남자 집에서 반대가 극심했지만 어려움을 극복하고 결혼을 하게 되었다는 것이었다. 그런데 세레나 엄마는 폐결핵을 심하게 앓았기에 이미 임신을 할 수가 없는 상태였고 세레나 아빠는 그 사실을 알면서도 사랑으로 결혼을 했다. 그렇게 몇 년을 아이가 없어도 행복하게 오직 서로 사랑하기로 하고 살면서 세레나 아빠 육군사관학교 동기생인 친구 딸을 입양하게 되었는데, 그 아이가 바로 세레나였다. 그때 왔던 세레나하고 똑같이 생긴 여자 손님이 세레나 아빠 친구의 부인이었던 것이다. 놀라운 사실은 세레나는 진즉에 그 내용을 알고 있었다는 것이다. 자기를 닮은 그 여자가 친엄마인 줄 알면서도 냉정히 대하는 것을 보고 '대단히 냉정한 아이구나.' 하고 생각했었나.

그런데 이야기는 여기서 끝이 아니다. 어느 날 세레나 아빠와 동기생인 세레나 친아빠는 함께 업무 차 비행기를 타고 가다가 둘 다 목숨을 잃고 말았다. 두 아빠가 동시에 돌아가신 참으로 기막힌 이야기이다. 그런데 더 기막힌 일은 세레나 아빠의 장례식 날 어느 아름다운 여인이 한 아이 손을 잡고 나타난 것을 보고 비로소 세레나 엄마는 그 아이가 남편의 아이임을 알게 되었다는 것이다. 그녀는 그때 얼마나 가슴이 무너졌을까? 그 사실을 알고 나서부터 세레나 엄마는 눈물을 감추고 입가에 이상한 미소를 지으며 슬픔을 극복했다고 한다. 너무나 사랑하고 믿던 남편이 자기도 모르게 다른 여성하고의 사이에 아이가 있었다는 배신감에 장례식장에서 그 여자를 본 후 남편에 대한 미련을 버린 것이다.

후에 세레나 엄마도 재혼을 했다고 들었는데 이들의 관계를 통해 실체 없는 사랑의 허망함을 느꼈다. 사랑은 오래가지 않는다는 것, 그렇게 사랑해서 아이를 못 낳는 줄 알면서도 결혼해 놓고 자기 자식을 낳고 싶어서 다른 여자에게서 아이를 낳았다는 것, 더 큰 슬픔은 그 아이와 자기의 남편과 너무나 닮았다는 것. 씨도둑은 못 하고 피는 속일 수 없다는 것….

어쨌거나 나는 대학에 다니면서도 지속적으로 여학생회 활동을 했다. 모임에 참석해 서로 얘기들을 나누다 보면, 중고등학교 시절에 그랬던 것처럼 자연스럽게 내가 리더로 추천되었다. 처음 만나도 낯가리지 않고 솔직하게 사람들을 대했던 것이 언제나 상대방의 신뢰를 얻게 되었던 것 같다.

나는 무엇이든 일단 시작하면 끝을 보는 성격이다. 당연히 대학에서의 여학생회 활동도 열정적으로 임하였고, 이때의 경험들이 내가 사회에 나와서 사업을 하고 여성단체를 이끌어 가는 데 많은 도움이 되었다고 생각한다.

• 나의 40대

Chapter 2

역경의 한가운데에는
'기회'라는 섬이 있다

딱 한 번의 불효

이 동네에서 가장 부잣집이 어디예요?

사업가로의 변신 대성공!

나의 용기, 조폭들과 담판 짓다

어머니로부터 배운 한국 여성의 강인함

딱 한 번의
불효

　나는 살면서 부모님한테 딱 한 번 불효를 했다. 어머니께서 반대하는 결혼을 한 것이다. 우리 어머니는 순천에서 기반을 잘 잡고 계셨고 외삼촌 또한 그 지역에서 명성 높은 판사셨다. 어머니는 내가 고등학생일 때부터 이미 머릿속에 그려놓으신 이상적인 사윗감이 따로 있었다. 소위 학벌 좋고 집안 좋은 사람이었다. 때마침 어머니의 조건에 딱 맞는 사람이 나타나 사윗감으로 점찍어 두고 있었는데, 믿었던 큰딸이 자신의 말을 어기고 가난한 집안의 남자와 결혼하겠다고 하니 심하게 반대를 하실 수밖에. 특히, 나는 학교 다닐 때부터 어머니에게는 자랑스러운 딸이었기에 그만큼 실망도 크신 듯했다. 그러나 나 또한 어머니를 빼닮아 성격이 강했다. 물러서지 않은 것이다. 내가 마음을 돌릴 기색이 없자 어머니는 그길로 나를 보고 싶지 않아 하셨다. 실망이 분노로 바뀌신 것일까? 평생 살면서 그렇게 실망한 부모님 얼굴은 본 적이 없었다.

이러한 우여곡절을 거쳐 나는 결혼을 했다. 사실 그때까지도 가난에 대해 실감하지 못했고 돈이 없다는 것에 대해 현실감을 갖지 못했던 철없던 시절이었다. 그래서 그럴까? 나는 무슨 용기인지 몰라도 내가 노

• 결혼식 사진

력하면 무엇이든지 될 것이라는 어느 정도 오만한 생각으로 부모님을 실망시키고 결혼생활을 시작했다.

결혼 이후 어머니는 네가 좋아서 한 결혼이니 네가 알아서 일어나라 하시면서 냉정하게 돌아서 버리셨다. 하지만 나는 개의치 않았다. 나는 당시 사랑하는 마음만 있으면 다른 것은 전부 필요 없다는 순수한 마음과 사랑하는 사람이라면 목숨을 바칠 만큼 순수한 열정을 가지고 있었다. 가난하기 때문에 내가 상대와 헤어진다는 것은 오히려 내 자존심에 흠집을 내는 일이었다.

그러나 현실은 녹록하지 않았다. 용산구 보광동이라는 이름도 들어보지 못했던 동네에 살림을 차리고 보니 내 현실은 난감하기 짝이 없었다. 살길이 막막했던 것이다. 밤이면 전화통을 잡고 친정집 전화번호 2522번을 수십 번씩 돌리다가 제자리에 놓고, 또다시 돌리다가 제자리에 놓고…. 그러한 일을 반복하면서 12시가 넘어서까지 잠을 이루지 못했다. 내가 처한 현실이 얼마나 암담하던지 그때서야 겁이 덜컥 나기 시작했다. 그런 상황에서도 어금니를 깨물며 절대 부모님

에게는 손을 벌리지 말아야겠다는 결심을 하고, 만감이 교차하는 시간을 보내면서 밤을 꼬박 새우기 일쑤였다.

한편으로는 오기도 생겼다. 이렇게 된 바에도 어떻게든 내 힘으로 성공하여 어머니에게 꼭 증명하고 싶었다. 내 선택이 틀리지 않았음을. 그러기 위해서는 당장에 1분 1초를 아껴서 써야 했다. 다행히 나는 오래 고민하는 스타일이 아니었다. 긍정적인 사고방식 덕분에 어려운 일을 당해도 남들에 비해 씩씩한 편이었다. 그때부터 나는 오직 우리 어머니처럼 반드시 사업에 성공해야겠다는 목표를 세우고 절박한 심정으로 진로를 모색하기 시작했다.

다음 날 나는 친한 친구인 순자에게 전화를 했다. 몇 명의 친구들을 모아 달라고 부탁하고, 내가 아는 친구들에게도 일일이 연락하여 20여 명의 친구 명단을 가지고 모임을 가지게 되었다. 그러고는 친구들을 설득하여 '계'를 만들기 시작했다. 내가 계주가 되어 친구들 중에서 신용 있는, 즉 믿음이 많아 가는 친구들에게 앞 번호를 주고, 원하는 대로 차례대로 번호를 매겨서 일단 하나의 계가 탄생되었다.

당시 기억이 지금도 새롭지만 나는 작은 금액부터 계주가 되기 시작하여 약간 큰 금액에 이르기까지 죽 계주를 맡았다. 이후 주변의 친척들까지 동원하여 몇 개의 계를 모집하다 보니, 빠른 시일 내에 큰 금액을 남에게 돈을 빌리지 않고도 마련할 수 있었다. 이렇게 많은 사람들을 끌어모을 수 있었던 것은 그동안 나에 대한 친구들의 신뢰감이 한몫했던 것이 아니었나 생각한다.

그렇게 나는 2번, 3번 계를 타기 시작한 친구들에게 이자를 주고 그 금액을 또 빌려서 사업자금으로 모으기 시작했다. 그러나 막상 어떤 분야, 어느 품목으로 사업을 할 것인지 결정하지 못한 채 고민을 거듭하고 있었다. 그러던 중 지인의 소개로 수산물 가공회사를 알게 되었고, 수산물을 구입하여 일본으로 수출하는 회사에 납품하는 일이 괜찮겠다는 생각이 들었다. 내 전공이 식품영양학 쪽이어서 평소에도 식품 쪽에 관심이 있던 터였다. 막상 결심을 굳히고 나니 자금력이 문제였다. 가공 공장이 있어야 가공해서 납품을 할 수 있는데, 계 모집으로 모은 금액으로는 턱없이 부족했다. 그래서 또다시 머리를 굴려보기 시작했다.

이 동네에서
가장 부잣집이
어디예요?

이리저리 자금을 마련할 수 있는 길을 모색하던 중, 같은 동네에 살고 있던 시누이에게 물었다.

"이 동네에서 가장 부잣집이 어디예요?"
"아마 군에서 대령으로 퇴역하신 교회 장로님일 걸요."

시누이에게 장로님의 성함과 집의 위치, 그리고 장로님 부인인 권 사님의 성향과 성격, 좋아하는 음식 등등 일상생활에 대해서 자세히 알아보았다. 며칠 후 결심을 하고 그 집을 찾아갔다. 대문 앞에 서니 주눅이 들 정도로 큰 대문 사이로 넓고 푸른 잔디밭이 눈앞에 들어오고, 육중한 대문이 들어가기도 전에 기를 죽게 만들었다. 그러나 나는 겁 없이 벨을 눌렀다. 이윽고 얼굴이 둥글고 화장기 없는, 중년의 깐깐하게 생긴 부인이 눈을 크게 뜨고 나를 바라보며 물었다.

"누구세요?"

"네, 저는 보광동에 사는 사람인데요, 드릴 말씀이 있어서요. 잠깐만 시간을 내주시면 안 될까요?"

'같은 교인인가?' 하는 마음도 있었겠거니와 이제 24살 난 어리어리한 여자가 머리를 길게 내려뜨리고 마치 대학생 같은 품새로 서 있는 것에 경계심을 풀었는지 그녀는 내게 들어오라고 했다. 긴 잔디밭을 지나 현관으로 들어가니 넓은 거실이 눈을 사로잡았고 현관 옆에는 골프백이 놓여 있었다. 주르륵 늘어서 있는 각종 상패도 눈에 띄었다. 현관을 거쳐 응접실로 들어가니 당시 50대 후반에서 60대 초반쯤 돼 보이는 곱게 나이 드신 남자분이 앉아 계셨다. 나는 정중하게 인사를 드리고 얌전히 앉아서 주변을 살피기 시작했다. 침을 삼키고 기다리고 있으니 집 주인 김 대령님이 먼저 말을 꺼냈다.

"어떻게 찾아왔지요?"

나는 기다렸다는 듯이 대답했다.

"네, 저는 보광동에 새로 이사 온 사람이고요 중앙대학을 올해 졸업했습니다. 그리고 결혼도 했습니다. 제 고향은 전남 순천인데….."

이후부터 구구절절 내 사정 얘기를 하기 시작했다. 부모님 반대로 결혼식을 겨우 하고 쫓겨나다시피 해서 서울에서 결혼생활이라고 시작했는데 내 돈은 한 푼도 없고 도대체 왜 돈이 없는지조차 모르겠다는 둥…. 지금 생각하면 터무니없이 웃기는 얘기들로 2시간가량을 떠들었다. 결국은 자금 마련을 위해 이 동네에서 제일 잘사는 장로님 댁을 찾아왔다고 했다. 장로님은 나를 물끄러미 바라보면서 입가에 옅은 미소를 머금은 채로 물었다.

"얼마나 필요해요?"

나는 속으로 '성공이다!'라고 외치면서 뻔뻔스럽게 말했다.

"2백만 원 정도요."

그랬더니 장로님이 예상 외로 사업을 어떤 방법으로 할 것인지, 자금은 어떻게 쓸 것인지에 대해 물어보았다. 나는 이때다 싶어서 나의 계획을 줄줄이 얘기했다. 내 얘기를 다 듣고 난 장로님은 고개를 끄덕인 후 부인을 불러서 일렀다.

"언제든지 조 집사가 오면 필요한 만큼 돈을 융통해 주시오."

그러고는 나에게 교회에서 만나기 바란다고 했다.

너무나 감사한 마음에 내가 끼고 있던 몇 푼 안 되는 반지를 담보로 맡기려고 하니, 장로님은 웃으면서 다시 가져가라고 했다. 지금 돌이켜보면 장로님 입장에서는 당돌한 이 새댁을 교회로 인도하고 싶었던 것이 아니었을까 하는 생각이 든다. 그런데 나는 집사도 아니고 교회라고는 어렸을 때 성탄절 빵, 과자 선물이나 받으러 몇 번 갔던 것이 전부였다. 교회에도 다니지 않는 나를 조 집사라고 부르니 약간 양심에 찔렸다. 나는 우리 어머니가 선암사, 화엄사 등 전라도에 있는 절에 종을 만들어서 시주하는 등 불심이 대단하셨던 분이었기에 어릴 때부터 자연스럽게 불교가 나의 종교인 것 같다고 느낄 정도였으나 그 일 이후로 일요일에 시누이를 따라 몇 번 교회를 들락거렸던 기억이 난다.

어쨌든 몇 번 교회에 가서 장로님과 그의 아내인 권사님을 뵈면서 성경책을 읽어보았는데 도통 성경말씀이 귀에 들어오지도 않고 이해도 되지 않아 약간 괴로웠다. 다만 찬송가만큼은 조금씩 나를 변하게 하는 계기가 된 것 같았다. 어느 날 우연히 라디오에서 "내일 일은 난 몰라요~ 하루하루 살아요~ 불행이나 요행함은 내 뜻대로 안 돼요~" 하는 찬송가가 흘러나왔는데, 그 순간 갑자기 가슴이 꽉 막히면서 눈물이 핑 돌았다. 곧바로 그 찬송가가 어떤 찬송가인지 테이프를 구해서 듣고 또 듣고 했으며, 찬송가책을 사서 찬송가에 심취하게 되었다. 찬송가가 1장부터 하나하나 내 맘속을 헤치며 깨닫게 하고 느끼게 하자 나의 가슴속에 들어 있는 또 하나의 열정이 샘솟기 시작했다. 이 이후로 나는 어려운 일이 있을 때나 힘든 일이 있을 때, 그리고 기쁜 일이 있을 때 찬송가를 틀어놓고 마음을 새로이 가다듬곤 한다.

며칠 후 모든 사업 준비를 끝마치고 새로운 공장을 물색한 후 다시 장로님 댁을 찾아갔다. 그리고 당당히 당시로서는 큰 금액인 2백만 원을 빌리는 데 성공했다. 이자는 월 3%! 굉장히 비싼 이자였으나, 계모집으로 모아둔 금액과 200만 원의 금액을 합쳐서 공장을 임대 계약하고 여공을 모집하고 회사 규모를 갖추어 가기 시작했다. 그 당시 내가 빌린 200만 원은 큰 금액이었다. 1975년 내가 살던 보광동이나 상도동 등에 방 3칸짜리 단독주택은 4백만 원 정도면 살 수 있었다.

다행히 지인을 통해 군산 해망동에 있는 남의 공장에 세를 얻은 후 여공 10명 정도를 모집하여 수산물 가공공장 회사를 마련하게 되었다. 내 나이 스물다섯일 때였다. 여공이라야 집에서 일어나서 머리에 빗질도 하지 않는 게을러터진 동네 아주머니들이 전부였다. 게다가 잘 못 먹어 영양 상태가 나빠서 모두들 얼굴이 누렇고 부황기가 있고 부석부석하고 꾀죄죄한 중년 부인들이었다. 다른 공장에서 젊은 여공들은 전부 데려가고 불합격당한 사람들뿐이니…. 나는 한숨부터 나왔으나 "욧시!"(이것은 일본말이지만 내가 용기 있게 무엇을 시작할 때 지금도 가끔 쓰는 말임) 하면서 '내가 여기까지 어떻게 왔는데 못할 것이 어디 있겠는가?' 하면서 마음을 다잡았다.

솔선수범하여 팔까지 길게 올라오는 장갑을 끼고 허벅지까지 올라오는 장화를 신고, 여공들에게 우선 머리부터 묶게 하고 위생모와 앞치마를 착용하게 했다. 내가 여공들과 똑같은 차림으로 차례로 서 있으니 가관도 아니었다. 새댁부터 나이 많은 할머니까지, 말하자면 오합지졸 병사들이 싸움판에 나가는 그러한 상황이었다.

나는 공장으로 내려가기 전 남대문 시장에서 위생모, 장화, 장갑, 앞치마 등을 샀다. 내가 여공들과 똑같은 옷차림을 하게 되면 그들 스스로 '우리는 동지'라는 생각을 갖게 될 것이라고 믿었기 때문에 미리미리 준비하였던 것이다. 그전까지만 해도 여공들이 공장에 나올 때 그냥 집에서 입던 옷을 입고 위생모도 쓰지 않고 지저분하기 짝이 없었다. 만약 바이어들이 그 모양새를 본다면 우리 공장에서 만든 제품을 사가겠는가? 나는 우리 여공들이 오합지졸로 모였다 해도 같은 옷을 입게 하고 용모를 단정히 하여, 무언가 준비자세가 다른 공장과는 차별화된다는 것을 보여주고 싶었다. 더욱이 주인도 똑같은 복장을 하고 그들과 '함께'라는 모습을 보여주고 싶어서 내가 앞장선 것이다.

그리고 라디오를 작업장에 하나 두고 신나는 노래가 나오게 해놓았다. 노래를 들으며 서로 마주 볼 수 있게 작업장을 만들고, 나도 그들과 함께 앉아서 작업을 시작했다. 조개, 오징어, 새우 등이 살짝 데쳐져서 나오면 조개는 까고, 오징어는 반듯하게 도시락처럼 생긴 판에 가지런히 넣고, 새우는 모양대로 판에 넣어서 얼리는 작업이었다.

그런데 문제가 생겼다. 여공들이 배가 고프니 잠깐 안 볼 때마다 집어먹기 일쑤였다. 서로 마주 보게 앉혀놓아도 생리적으로 배가 고프니 입으로 저절로 들어갈 수밖에 없었다. 감시 감독도 어려울 뿐더러 누렇게 뜬 얼굴들을 바라보면 차마 못 먹게 할 수가 없었다. 그러나 그로 인해 수율이 나오지 않아 손해가 막심하였다. 수율이라는 것인즉 한 통을 작업하면 얼마만큼의 합격품(완성품)이 나오느냐가 관건인데 몰래 먹어버리니 수율이 나오지 않아 앞이 캄캄할 지경이었었다.

나는 생각했다. 어찌하면 여공들이 배가 불러 작업장에서 조갯살을 먹지 않을까? 곰곰이 궁리하다 보니 머릿속을 휙 지나가는 아이디어가 있었다. '그래, 배를 부르게 하자!' 우리 어머니에게 배운 대로 국수를 삶고 멸치 국물을 우려내서 시원하게 만든 후 큰 그릇에 담아 여공들이 배가 터지도록 먹을 수 있게 배려했다. 결과는 성공이었다. 배가 부르게 국수 한 대접씩을 먹고 작업장에 들어가게 했더니 비릿한 조개는 먹지도 쳐다보지도 않고 작업에 임하게 되었다.

그런데 또 문제가 생겼다. 배가 부르니 졸기가 일쑤였다. 나는 앞장서서 라디오에서 나오는 음악에 맞추어 목청 높이 노래를 부르기

• 공장 개업식

시작했다. 시간이 지나니까 누가 먼저라 할 것 없이 함께 노래마다 합창을 하기 시작했고, 중간에 내가 "앗싸!" 하는 추임새를 넣고 가끔 일어나 춤도 추면서 먼저 망가지기 시작했다. 서로 배꼽 잡게 웃으면서 우리는 하나가 되기 시작했고 작업장에는 활기가 차기 시작했다. 지금 생각하면 어디서 그런 용기가 나왔는지 웃음이 배어 나온다.

이렇게 내가 어떠한 사람 앞에서도 주눅 들지 않고 배짱 있게 밀고 나간다거나, 모르는 사람에게서 사업자금을 융통하고, 여공들과도 스스럼없이 어울려 눈높이를 같이해가면서 성공할 수 있었던 것은 모두 아버지께서 어릴 때부터 나를 세워두고 항상 용기 있게 발표할 있도록 해주었던 과정이 있었기에 가능했던 것이다. 어떤 자리에 서든지 누구를 만나든지 눈을 바라보면서 당당하게 말할 수 있었던 것은 바로 우리 아버지의 교훈이었고, 학창시절 반장을 맡으면서 친구들과의 관계에서 그들을 리드할 수 있었던 것들도 바로 그런 것들이 밑거름이 되지 않았나 생각한다.

즉 살아오면서 단돈 10원도 남에게 빌려본 적 없는 내가 생판 모르는 사람 집을 찾아가서 초인종을 누르고 기다리는 그러한 순간이 가능했던 것은, 그때까지 믿고 의지하던 부모님의 손을 놓고 낭떠러지에 아슬아슬하게 서 있는 듯한 절박한 심정과 '나는 할 수 있다.'는 강한 의지가 있었던 덕분이다.

어느 정도 공장의 규모가 잡혀가자 처음에는 작업을 끝낸 생산품을 옆의 큰 냉동 창고에 냉동을 의뢰하고 큰 회사에 납품하였다. 그것도 쏠쏠하게 재미가 있었지만, 주변을 둘러보니 직접 완성품을 일본에 수출하는 업체의 단가가 우리가 납품하고 있는 단가보다 훨씬 높았다. 우리도 직접 바이어를 통해 납품을 한다면 큰 수익을 얻을 수 있겠다는 확신을 가지고 주변을 좀 더 꼼꼼히 살펴보기 시작했다. 또한 여공들과 함께 직접 주인이 참여하니 제품을 깨끗하게 만들고 수율 역시 높아 직접 수출하는 데도 자신감이 생겼다.

나는 무역을 직접 하기 위해 시청을 쫓아다니면서 면장 쓰는 법과 세무 일체를 하나하나 쫓아다니면서 몸으로 부딪쳐 배워갔다. 여기저기 분주하게 뛰어다니다 보니 공무원들도 여직원 같은 나이의 사장이 일일이 모든 것을 챙기면서 착오 없이 일처리를 한다고 감탄하면서 모든 서류를 무사 통과시켜 주었다. 그러는 동안 업체 쪽에도 우리 회사 이름이 조금씩 알려지기 시작했다.

이미 내가 우리 여공들의 마음을 샀기에, 다른 공장의 여공들이 우리 작업장에서 일하고 싶어 우리 공장으로 오겠다고 아우성이었다. 맛있는 국수도 실컷 먹게 해주고, 작업하면서 노래 부르고 단합되는 그러한 분위기가 다른 여공들에게도 재미있고 부럽게 느껴졌던 것 같다. 새벽이면 조개를 사러 바닷가에 나가야 되는 직원을 뽑는데 서로 자기가 하겠다고 나서는 등 여공들의 자발적인 협조에 즐거운 비명을 지를 지경이었다. 또 새벽이면 구르마(수레)에 조개를 가득 싣고 노래를 부르면서 우리 공장 수율이 제일 잘 나오도록 경쟁심을 부추겨 주었더니, 조개 몇 알이라도 더 우리 수레에 담으려고 아우성치는 직원들을 보게 되었다. 그때 나는 '그래, 우리 회사는 잘 될 수 있겠구나.'라는 희망을 갖게 되었다.

중·고등학교 때 경험했던 바와 같이 나를 낮추고 함께 일하는 동료들을 높여주고 사랑하고 소통하니, 얼마나 작업이 재미있고 수율이 잘 나오던지 저절로 제품이 상등품이 되어 일본에서 우리 회사 제품이라면 믿고 가져가는 현상이 일어나기 시작했다. 그때만 해도 나는 일본어를 전혀 못 했기에 아침이면 대본에 일본 발음을 그대로 우리말로 적어서 일본어로 내가 할 얘기만 계속 읽어대고, 일본 사람을 만나도 내가 준비해 간 내용만 책 읽듯이 떠들어댔지만 나중에는 상대방이 오히려 이러한 모습까지 좋게 보아주어 더욱더 사업이 번창할 수 있게 된 것이다.

사실 나는 커오면서도 직접 내 옷조차 빨아보지 않았고, 식구들을 위해 식사 준비를 해본 적도 없었다. 처음으로 이 모든 걸 경험한 이 시절 육체적으로는 힘들었으나 정신적으로는 무한한 기쁨과 가능성을 보고 하늘을 나는 듯한 생활의 연속이었다. 서로의 마음을 사고 합심하여 단합하는 소통의 힘이 이렇게 큰 줄을 이때 비로소 깨달았다.

사업가로의 변신
대성공!

일본에 수출하고 남은 파치를 노량진, 가락시장 등에 내다 팔면 현금이 쏟아져 들어왔다. 시장에서 꼬깃꼬깃 받아온 돈을 비닐봉지에 담아 가져오면 어느새 돈에 비린내가 가득 배어 있었다. 그런데 내게는 그 비린내가 그 어떤 향수보다도 좋았다. 그때부터 그야말로 사업이 불같이 일어났다. 돈이 내가 상상했던 것 이상으로 어마어마하게 들어오기 시작한 것이다. 20대 중반의 어린 나이에도 나는 두려울 것이 없었다. 내게는 부지런함과 일을 결정하는 데 있어 관건이 되는 판단력이 있었다.

나는 어머니에게서 배운 대로 돈이 들어오면 보이는 대로 나에게 적당한 부동산을 매입하기 시작했다. 아파트도 사고, 건물도 사고. 그러나 철새처럼 여기저기 개발될 곳을 찾아다니면서 투기하는 것은 정말 싫어한다. 투기야말로 무척 품위 없는 행동으로 여겨왔다. 그렇기에 나는 투기가 아닌 투자를 했다.

사업 때문에 너무 바빠서 사실 놀러 다닐 시간도 없었고 돈이 있어도 소비할 시간도 없었다. 그저 보이는 대로 돈에 맞추어서 건물을 매입했고, 그렇게 했던 부동산 덕분에 2011년 모든 사업을 접고 봉사활동, 즉 한국부인회 총본부 회장으로서 봉사를 시작하면서 단 한 푼의 월급이나 판공비, 어떠한 교통비조차도 받지 않고 활동할 수 있었다. 그 당시 매입해 두었던 부동산에서 임대료가 나오니 마음 놓고 기부하고, 마음 놓고 봉사활동을 할 수 있게 되지 않았나 싶다.

이런 일련의 과거를 돌이켜보면 사업은 부지런함과 판단력, 그리고 시기적절함을 맞춰야 성공할 수 있는 것이라는 생각이다. 봉사단체도 마찬가지이다. 리더의 판단력에 따라서 잘되고 못될 수 있는 것이다. 또 한 가지 필요한 건 소통과 협동정신이다. 내가 꾸준히 공을 들이고 진심을 다해 그들에게 다가간 덕분에 우리 공장 아주머니들이 오히려 자진해서 물건 받으러 갈 때도 앞장서고 조금이라도 좋은 걸로 애를 쓰신 것이다. 그러면 나는 또 국수를 삶아서 맛있게 대접하고.

내가 사업을 시작했을 때만 해도 일본인 바이어들이 우리나라에 현지처를 두고 사업하는 게 관행이었다. 현지처를 소개해 주면서 저녁에 술자리 대접을 해서 이권을 따고 그럴 때였다. 근데 나의 큰 약점이자 장점이 술을 못 마신다는 점이다. 그러나 나는 그것을 절대 약점이라고 생각하지 않았다. 아무리 사장이라도 여성이 술대접을 하고 그러면 당연히 스캔들이 날 수 밖에 없다. 그래서 나는 어두워

지면 아예 밖에 안 나가버렸다. 여자로서 사업을 하면서 조금이라도 흐트러진 모습을 보인다는 것은 있을 수 없는 일이라고 생각했기 때문이다. 내 자존심이 허락을 안 할뿐더러 그것이 사업의 성공이 아니라는 것을 꼭 보여주고 싶었기 때문이다.

그래서 나는 현지처를 소개해서 술을 대접하는 대신 그 바이어의 가족들을 초대해서 극진히 대접했다. 부인과 아이들의 선물까지 챙기면서 가족들의 친화력을 생기게 해주었던 것이다. 이 작전은 주효했다. 서로 간의 신뢰가 더욱 쌓이면서 내게 더 큰 성공을 안겨주는 발판이 된 것이다.

• 공장 개업식

나의 사업은 거짓말처럼 잘 풀렸고 빌렸던 모든 자금을 갚고도 어린 나이에 너무나 많은 돈을 벌었다. 당시 스물아홉 살, 나는 제일 먼저 3층짜리 집을 지었다. 1층은 내 사무실과 주차장, 2층은 거실이었

• 회사 기념식

다. 그리고 주방과 안방, 화장실도 크게 지었다. 3층에는 방을 여러
개 두고 거실을 크게 해서 게스트룸 등을 만들었다. 1979년 당시 주
변에서 제일 돋보이게 외벽은 돌로 장식하고, 담을 거대하게 높이 빙
~ 둘렀다. 정원은 넓은 잔디밭과 정원석으로 마무리했는데, 그때부
터 나는 집을 짓거나 꾸미는 것이 취미가 되었다.

계획을 다 세우자 수소문 끝에 믿을 만한 목수 한 명을 선택하고
그 목수와 함께 내가 직접 을지로 상가로 나가서 타일을 고르고, 목욕
탕을 꾸미는 욕실용품을 사왔다. 새벽이면 각 지역에서 직원들이 물
건 매입하는 일에 결정을 내려주고, 아침이면 또 집 짓는 데 가서 목
수와 인부들과 함께 집을 짓고. 약 7개월에 걸쳐서 직접 설계에 참여
하고 목공부터 새시, 유리 등 모든 공정을 꼼꼼히 챙기다 보니 집을
짓는 공부가 저절로 되었다.

• 내가 직접 건축한 집에서

사업도 재미있지만 건물 짓는 일이 이렇게 재미있을 줄은 정말 몰랐다. 나는 오히려 집을 설계하고 짓는 것에 소질과 취미가 있지 않았나 생각된다. 또한 그간의 경험을 통해 사람 다루는 것에 이력이 붙은 나는 공사하는 일꾼들과 소통하는 것이 너무나 쉬웠다. 간식도 잘 챙겨주고 실컷 먹여주니 저절로 인부들이 흥이 나서 자기 집 짓는 것처럼 성심성의껏 해주는 것이 눈에 보였다. 이후 나는 이것을 경험 삼아 여러 채의 집을 직접 지었고 빌딩도 직접 지어서 보유할 것은 보유하고, 새로 짓거나 리모델링하여 매매할 것은 매매하면서 재산 증식에 큰 기여를 하게 되었다.

그 동안 내 결혼을 탐탁지 않게 생각하고 계셨던 부모님은 내가 사업으로 승승장구하는 모습이 보이니 용서 아닌 용서를 해주셨다. 그러면서도 바쁘게 살아가는 나를 보고 "아이고, 가만히 앉아서 사모님 소리 듣고 살 건데 지가 저렇게 바쁘게 고생해서 사니 속상하다." 하시면서도 나를 자랑스럽게 바라보셨다.

한편 큰 집을 짓고 이사를 하니 동생들이 하나둘씩 서울로 대학을 오게 되었다. 자연히 우리 집으로 자리를 잡게 되었는데 우리 식구보다 객식구가 더 많아진 셈이어서 하루 내내 일하는 아주머니가 밥 차리는 게 분주할 지경이었다. 게다가 서울에서 학교 다니는 자식들을 보기 위해 한 달이면 서너 번씩 부모님이 올라오시곤 하니 온 집이 항상 떠들썩하게 잔칫집 분위기였다. 내가 벌어 내 피붙이들을 뻑적 지근하게 차려놓고 먹일 수 있고 좋은 집에서 편안하게 잠을 재울 수 있다는 것이 그렇게 대견하고 뿌듯할 수 없었다. 그때의 가슴 벅참은 지금도 잊을 수 없다.

한 명이 대학을 졸업하면 한 명이 올라오고, 다음 타자가 또 올라오고 대학을 졸업하면 대학원에 가고…. 그렇게 10여 년 이상을 친정 식구들이 우리 집에서 진을 치고 살았다. 나는 새벽부터 바쁘게 일해야 해서 오후가 되면 파김치가 되어 기어들어오다시피 했다. 그런데 동생 친구들까지 방문하고 객식구들이 온 집에 들끓었으니 집안이 난장판이었다. 그래도 그때가 참 그립다.

사실 우리 어머니는 아이들을 맡겨놓고도 오히려 큰소리를 치셨다. 밥 먹는 거야 숟가락 하나씩 더 놓으면 되는데 웬 생색이냐며. 나도 너를 키울 때 손가락 까닥 않게 하고 키웠으니 너도 동생들에게 그렇게 해야 된다면서 무척 당당하셨다. 그렇게 당당하신 어머니가 지금 새삼 또 그립고 보고 싶다. 사실 나는 친정식구들을 거두는 일을 당연히 생각하고 있었다. 그래도 내가 명색이 맏딸인데 살림밑천 노릇은 해야 하지 않겠는가.

하지만 서운한 일이 없었던 것은 아니다. 이런 내 마음도 모르고 어느 날 여동생이 오더니 대뜸 말을 던진 적이 있었다.

"언니, 나 할 말 있어. 내가 늦게 들어와도 언니가 내게 밥 먹었냐고 물어본 적이 있어?"

내가 챙겨주지 않는 것이 딴에는 서러웠나 보다. 하지만 난 그 순간 동생의 철없음에 화가 머리끝까지 나 참지 못하고 화장실 문짝을 내려치고 말았다. 스스로 생각해도 힘이 셌는지 화장실 문이 퍽 하는 소리와 함께 깨졌다. "뭐라고? 그러는 너는 언니가 새벽같이 나가서 일을 하는데 한 번이라도 밥은 먹었냐고 물어봤냐?" 하면서 악을 썼더니 놀란 동생이 "언니, 내가 잘못했어." 하고 내 손을 잡는 것이었다. 인생의 아이러니랄까, 이랬던 여동생도 시동생이 줄줄이 있는 집에 시집가서 나와 비슷한 상황에 놓이자 그제야 느끼는 바가 있었는지 어느 날 전화가 왔다.

"언니, 내가 시동생들을 데리고 있다 보니까 다른 식구가 함께 산다는 게 얼마나 힘든지 알겠어. 이제야 언니 맘을 알겠어. 정말 미안했어."

그때 마침 TV에서 〈큰언니〉라는 연속극이 나오고 있었다. 그럼에도 불구하고 나는 내 동생들과 함께 부대끼고 지냈던 그 시절이 나의 인생에 황금기였던 것 같다.

막내 여동생이 대학원을 졸업한 후 중매가 들어와 내가 신랑감 선을 보기 위해 동생을 데리고 약속장소에 함께 나갔던 일이 있다. 상대방은 서울의과대학을 졸업하고 국립병원에 근무하고 있던 의사였다. 그런데 그가 자기는 가난하게 자랐기 때문에 부잣집 딸은 싫다며 중간에 있는 사람을 통해 거절을 통보한 것이었다.

나는 그가 순박하고 실력 있는 사람이라 판단했기에 호감이 갔다. 당시 종합병원에 근무하고 있던 그 사람을 나는 직접 여러 번 찾아가서 "여유 있는 집에서 자랐다고 전부 속이 없고 나쁘지는 않다. 내 동생은 정말 착하다."는 등 우리 동생의 좋은 점들을 들려주었다. 그를 설득하기 위해 열심히 찾아갔기 때문에 오히려 그는 나하고 날마다 데이트하는 꼴이었다.

내 설득이 통했는지 그도 조금씩 마음의 문을 여는 듯싶더니 이번에는 종교가 다르다는 핑계를 대었다. 우리 집은 어머니가 불심이 대단하셨기에 난감했으나 나는 어머니를 설득하여 동생을 교회에 나가게 하자고 했다. 나는 그 의사를 만나서 "그러면 내 동생을 교회에 나가게 할게요."라고 설득했다. 이후 두 사람은 몇 번 만나기 시작하더니 그도 내 동생의 착한 마음씨에 감동받아 곧 결혼을 하게 되었다. 그 덕에 지금은 내 동생이 교회 활동에 남편보다 더 열심이다.

언젠가 동생 남편은 "처형, 제게 천사를 보내 주셔서 감사합니다." 하면서 내게 고마워했다. 오히려 우리 어머니는 당신이 중매쟁이를 통해 소개해 놓고도 여동생이 시동생 많은 집에 시집가서 고생하는 걸 보고 와서는 화병이 나 못살겠다고 하신다. 그러면 또 내가 나서서 달래드린다.

"엄마, 그냥 놔둬 보세요. 사실 남편한테 천사라는 호칭을 듣는 사람은 까짓 옷 좀 안 좋은 거 입으면 어때요? 맛있는 것 좀 안 먹으면 어때요? 그것만으로도 행복한 거지."

• 엄마의 환갑잔치

나의 용기,
조폭들과 담판 짓다

 어느 날 우연히 현재 서울대학교가 있는 신림동 쪽에 조직폭력배 일당이 한 건물을 점거하고 있다는 얘기를 듣게 되었다. 호기심이 발동하여 찾아가 보았다. 그 건물은 주변에서 제일 크고 주차장도 넓어서 이용가치가 있어 보였다. 건물 옆에 있는 우리은행으로 바로 들어가 "옆의 건물을 담보로 얼마 정도 융자가 가능한지요?"라고 물었다. 나는 언제나 마음에 드는 건물을 매입할 때면 바로 옆에 있는 은행을 이용한다. 정확한 평가를 내릴 수 있기 때문이다. 상당한 금액을 융자가 가능하다는 답이 돌아왔다. 대답을 듣자마자 그 자리에서 "그럼 그 건물을 내가 매입할 테니 융자를 부탁합니다."라고 섭외를 해놓고 절차를 밟아 내 명의로 돌려놓았다.

 그리고 며칠 뒤 나는 조폭 대장과 약속을 하고 담판을 짓기 위해 만났다. 일반적으로 깡패는 덩치가 크고 얼굴이 까맣고 털이 거무스름하게 나 있고 눈이 쫙 찢어지고 험상궂은 사람일 것이라고 상상했는데, 내 앞에 앉아 있는 사람은 키도 작고 얼굴도 하얗고 몸집은 작고 눈은 동그란 미소년 같은 사람이었다. 하지만 그래도 상대는 조폭이었기에 침이 꼴깍 넘어갔다. 그렇지만 그와 눈을 똑바로 맞추고 나의 얘기를 하기 시작했다.

"저는 전남 순천 출신이며 조그만 사업을 하는 사람입니다. 어렵게 이 건물을 매입했는데 어떤 연유로 이 건물을 점거하고 계신지는 모르나, 이제는 주인이 바뀌었으니 비켜주시면 좋겠습니다." 하고 말을 붙이면서 예전에 장로님을 찾아가 줄줄이 내 인생 이야기를 풀어놓은 것처럼, 이번에도 내가 살아온 얘기와 학교 다닐 때 아버지와의 얘기 등을 두서없이 2시간 정도 떠들었다. 아무 말 없이 나를 바라보던 조폭 대장은 "나는 고향이 목포요." 이 말 한마디를 하더니 며칠 시간을 달라면서 일어나서 나갔다. 그 뒷모습을 보니 이상하게 그렇게 측은해 보일 수가 없었다.

사실 그때는 그의 호락호락하지 않은 태도에 '일이 틀렸다.'라고 생각하고 있었다. 일주일쯤 지나서 사람을 통해 기별이 왔다. 놀랍게도 아무 조건 없이 건물을 비우겠다는 것이었다. 정말 기적 같은 일이 일어났다. 나는 다행히 사람을 만나서 설득하고 선동하고 내 편으로 만드는 데는 약간 소질이 있는 것 같다. 그런데 후에 인사라도 하려고 해도, 그 뒤 그 사람을 찾으려야 찾을 수가 없었다.

그동안 깡패들이 점거하고 있어서 모두 비어 있던 건물(지하 1층, 지상 5층)을 일단 리모델링 하고 각 층마다 새로운 세입자를 구하고 보증

금을 받으니, 은행에서 빌린 금액을 갚을 수 있었다. 월세도 들어오니 건물이 안정되어 가고, 그 주변에서는 이 건물이 상당히 중심 건물이 되어 주위의 부러움이 대단했다. 조폭들이 점거한 건물이라 시가보다 절반 금액에 매입했으니 횡재가 아닐 수 없었다.

그리고 얼마 지나지 않아 서울시에서 경전철이 건물 앞으로 지나간다며 4차선이었던 앞 도로가 8차선으로 난다는 통고가 왔다. 워낙 땅이 큰지라 주차장 70평이 나가면서 도로로 편입되어 내가 구입한 금액만큼 보상금이 나왔다. 투자한 금액은 그대로 보상금으로 나왔고, 건물은 그대로 살아 있고, 거기다가 다달이 큰 금액의 임대료까지 들어오니… 정말 보이지 않는 누군가가 나를 도와준다는 믿음이 들기 시작했다.

"하나님 감사합니다."
"아버지 어머니 감사합니다."

나는 건물을 짓거나 리모델링 하고 꾸미는 일을 좋아한다. 그러다 보니 차를 타고 가면서도 주변을 둘러보는 것을 좋아한다. 한 번은 차를 타고 가다가 낡은 건물 한 채가 내 눈에 띄었다. 이번에도 그대로 차를 세워 근처 부동산으로 갔다.

"이렇게 좋은 위치에 저 건물은 왜 저렇게 외관을 험하게 둘까요? 주변과 너무 어울리지 않는데…."

나의 호기심이 또 발동하기 시작했다.

"저 건물은 나이 많은 할아버지 소유인데 집을 고칠 능력도 없어서 방치된 상태입니다."

부동산 업자는 흥미가 없다는 듯 심드렁하게 대답했다. 나는 상관하지 않고 부동산 업자에게 매입의사를 밝혔다. 그제야 부동산 업자의 얼굴에 생기가 돌더니 즉시 할아버지를 모시고 와서 계약을 성사시켰다. 나는 단 한 푼도 깎지 않고 매입을 했다. 주인은 '이게 웬 횡재인가?' 하고 얼굴에 함박웃음을 지었다.

나는 그 건물 외벽을 리모델링 하고 1층도 예쁜 커피숍으로 꾸몄다. 커피숍 이름을 지어야 하는데 외국 이름이 좀처럼 생각나지 않았다. 그러던 중 마침 미국에 사는 정희 언니에게 전화가 왔다. 문득 번뜩이는 생각에 언니에게 사는 동네 이름이 뭐냐고 물었더니 "세다포인트"라고 해서 커피숍 이름도 '세다포인트'로 지었다. 그렇게 대한민국 최초로 '세다포인트' 커피 1호점이 생기게 된 것이다. 간판을 달고 나니 전에는 그렇게 안 팔리던 건물을 서로 사겠다고 난리여서 부르는 게 값이었다. 나는 속으로 쾌재를 불렀다. 어느새 나의 본업은 무역업이지만 부업은 건축업이 되어 있었다.

보통 큰 빌딩이나 상가건물은 그 지역 이권 때문에 깡패들이 노리고 있는 경우가 많다. 나는 종로에 조그마한 낡은 한옥을 매입했다.

그 건물을 헐고 건물을 지으려고 설계를 하고 자재를 구입하기 위해 이리 뛰고 저리 뛰고 돌아다녔다. 허가를 취득하고 땅파기를 시작하는데 또다시 조폭들이 찾아와 건물 짓는 것을 방해하기 시작했다. 하루는 이 조폭들이 굴착기가 들어오지 못하게 길을 막고 있었다. 하루가 늦어지면 그만큼 공사비가 더 지출되고, 인부들은 일을 못하고 돌아가도 하루 일당을 주어야 하니 손해가 이만저만이 아니었다.

나는 너무나 화가 났다. 그런데 정작 방해하는 사람들을 만나보니 그 사람들은 동네 조무래기 깡패였다. 나는 그 사람들을 만나서 지난번 신림동에서 만났던 그 조폭의 이름을 대면서 약간 뻥을 쳤다. 그랬더니 슬금슬금 어쩌고저쩌고 변명을 대더니 사라졌다. 알고 보니 신림동 그 키 작은 조폭이 어느 조폭 무슨 파의 부두목이었단다.

결국 불량배들의 행패로 절대 건축할 수 없을 것 같았던 7층짜리 건물을 짓게 되니까, 그 동네에서는 내가 '깡패 누님'이라는 황당한 소문이 나돌 정도였다.

깡패가 됐든 누가 됐든 소통을 하면 안 되는 일이 없다. 누구나 진실 되게 눈높이를 맞추어서 설득한다면 누구하고나 소통이 될 수 있다고 나는 믿는다.

돈만 갖고 사람을 설득시킬 수는 없다. 사람의 마음과 마음이 함께 했을 때 진정한 소통이 이루어지는 것이라고 생각한다.

나는 늘 사람의 마음을 사려면 어떻게 해야 할까를 염두에 두고 살았다. 돈이라는 건 쓰는 데 한계가 있다. 사실 나는 쓰고 싶어도 바빠서 돈 쓸 시간이 없다. 어떨 때는 스스로 일중독자가 아닌지 걱정이 될 정도이다. 시간을 분초 단위로 쪼개 써야 직성이 풀린다. 시간을 낭비하는 것이야말로 가장 큰 손실이다.

회사를 운영할 때도 점심시간을 활용해 자격증 따기에 도전하곤 했다. 그 덕분에 여러 종류의 자격증에 통신사 자격증까지 수십 개의 자격증을 딸 수 있었다. 많은 것을 알았을 때 자신감은 나를 한 단계 높은 곳으로 이끌어 준다는 것을 알았다.

예를 들어 내 건물에 세입자를 들여 올 때도 그 업종에 대해 나름

• 폭력 없는 세상 만들기 기념식

대로 연구를 해본다. 그래야 임대료를 얼마 받을지 적정선에서 결정할 수 있는 것이다.

이는 내 사회활동에도 적용된다. 나는 모든 분야 즉 금융감독원 자문위원, 식약청심의위원, 경찰위원, 관세청 심사위원, 방통위원회 재승인 심의위원, 국토부 자문위원 등을 거치면서 나라의 모든 분야를 골고루 알게 되었다. 그러니까 나라가 대충 어떻게 돌아가고 있구나, 저 공무원은 얼마만큼 일을 하고 있구나, 이런 것들이 눈에 다 들어온다.

나는 지금까지 정부위원회에서 수고비 혹은 회비, 수당 등으로 지급되는 모든 금액을 봉사활동에 쓰고 있다.

봉사를 하는 사람이 월급을 받거나 뭔가 이익을 취하면 그것은 이미 봉사가 아니라고 생각한다. 그것은 월급쟁이이지 어찌 봉사자라고 생각할 수 있겠는가? 이는 봉사단체 장으로 선출되면서부터 나의 소신이라고 생각하고 있다.

• 축사

회장이 이러니 직원들도 월급 적다는 소리를 못 한다. 회장은 단돈 십 원도 받지 않고 봉사를 하고 수당이나 수고비 등도 다 기부하는데, 어떻게 월급 적다는 얘기를 하겠는가. 그런 면에서 나는 보람되게 살고 있다고 자부한다.

어머니로부터 배운
한국 여성의 강인함

내가 어렸을 때 우리 어머니는 저녁밥이 남으면 식은 밥을 한 공기씩 퍼서 더 많은 사람들에게 나눠주곤 했다. 그 당시는 깡통을 가지고 다니면서 남은 밥을 얻으러 다니는 사람들이 많이 있었다. 우리 어머니는 무척 마음이 넓고 깊으신 분이었다. 별거 아닌 반찬 나부랭이까지 꼭 챙겨서 나눠주었고, 그런 어머니를 지켜보면서 우리들도 어릴 때부터 나눠주는 기쁨을 알게 되었다. 특히, 나는 곁에서 이러한 어머니의 모습을 지켜보면서 내 것을 진심으로 나눠줄 때 그 사람이 내 사람이 되는 것이라는 것을 배웠다.

우리 어머니는 나와 성격도 비슷하시다. 강하면서도 여리고 눈물도 많은데 또 강건하시다. 어떤 상황에서도 쓰러지지 않는 강인함을 가지면서도 한편으론 나보다 더 없는 사람에 대해서는 무한하게 마음이 약한 사람. 그분이 나의 어머니다.

양조장에 이어 어머니는 그 시절 순천 시내 유일한 극장이거니와 가장 크기도 했던 맘모스 극장을 운영하셨다. 순천에서는 모르는 사람이 없을 정도로 유명한 극장이었다. 맘모스 극장 얘기를 하다 보니 떠오르는 추억이 있다.

중학교 때였던 것 같다. 극장을 가고 싶은데 선생님들이 쫙 깔려 있으니 드나들기가 쉽지 않았다. 선생님 몰래 영사실로 들어가서 숨죽이며 영화를 보곤 했던 것이 나의 감수성을 키워주고 내 문학적인 토대를 만들어 준 것은 아닐까. 나는 특히 한국영화를 좋아했는데 아버지를 닮은 김승호 씨와 허장강 씨가 나오는 영화를 좋아했다. 김승호 씨가 나왔던 〈마부〉인가를 보고 마구 울었던 기억이 난다.

한편 내가 발표하면 항상 웃는 얼굴로 칭찬해주시던 유한 아버지와는 달리 어머니는 굉장히 엄하셨다. 나는 우리 어머니가 이 세상에서 제일 무서웠다. 그런데 그렇게 무서웠던 어머니에게 무척 큰 감동을 받은 적이 있다.

내가 중학교에 입학하자마자 반장으로 뽑힌 것이다. 엄마한테 자랑하기 위해 학교가 끝나자마자 부리나케 집으로 달려왔는데, 어머니는 뒤꼍에서 부추를 다듬고 계셨다. 숨을 몰아쉬며 엄마한테 반장이 되었다고 알려드렸더니 어머니가 호주머니에서 주섬주섬 돈 한 푼을 꺼내 주시는 것이 아닌가. 정말이지 우리 엄마같이 무서운 사람이 나에 대한 사랑을 그렇게 표현했다는 것이 무척 감동적이었다. "잘했다!"라는 칭찬 한마디 없었어도 나는 어머니의 진심을 알 것 같았다.

또한 생각나는 것으로 그 시절 우리 집 바로 대문 앞에 〈재봉이 엄마네〉라는 조그마한 구멍가게가 있었다는 것이다. 어머니는 일하러 나가실 때마다 우리에게 뭐가 먹고 싶으면 먹고 싶은 것을 적어두고 〈재봉이 엄마네〉 집에서 외상으로 먹으라고 했다. 한 달 후에는 엄마가 정확하게 〈재봉이 엄마네〉에 결제를 해주셨는데, 우리는 각자가 한 달 동안 먹었던 것을 적어서 엄마에게 드렸다. 엄마는 그것을 통해 시골의 조그마한 구멍가게에서 경제관념을 배워 나가게 했던 것이다.

그 구멍가게에서 내가 즐겨 먹었던 것은 아메 사탕(정확한 기억은 안 나는데 아마도 일본 말이었던 것 같다)이라는 아기 주먹만 한 알사탕이었다. 아메 사탕은 종일 빨아도 녹지도 않았다. 그래서 내가 한창 빨다가 동생 입에다 넣어주고 그걸 다시 꺼내서 먹곤 했다. 사탕 한 개를 여럿이 돌려 먹어도 아무렇지 않았고, 껌을 만든다고 검정 고무줄을 질겅질겅 씹어대던 그 시절이 가끔씩 사무치게 그리워진다.

아버지는 무조건 내 편을 들어주시고 어머니는 너무 풀어지지 않게 강하게 키워주셨다. 두 분이 조화를 이루신 것이다. 그런데 신기한 것은 6남매 중 유독 나만 활달한 편이고 다른 형제들은 조용한 편이다. 결국 나만 엄마를 닮은 것 같다. 사업을 해서 성공한 것도 그렇고 봉사자로서의 삶을 살아간 것도 엄마와 똑 닮았다. 어떤 상황에서도 잡초와 같은 끈질긴 생명력과 한국 여성의 강인함을 지니고 계셨던 어머니, 사랑하고 존경합니다. 그리고 너무나 보고 싶습니다. 서봉희 여사님! 우리 어머니!

• 나의 어머니 서봉희 여사

온가족이 모여 2005년 서울 삼성동 봉은사 지장전에서 어머니 1주기 추모 법회를 가졌다. 그때 내가 가족 대표로 쓴 글이다.

〈어머니께 바치는 글〉

어머니!
너무나 보고 싶은 우리 어머니!!

그렇게 허망하게 우리 곁을 떠나 버리신 지
벌써 1년이 되었네요.
겉으로는 강한 척하셨지만
너무나 여리고 겁이 많고
눈물이 많았던 우리 어머니.

30년을 병상에 누워 계신 아버지를
손수 뒷바라지 하시느라
한 번도 편하게 반듯이 누워 잠들어 보지도 못하고
아버지 곁에서 새우잠을 주무시며,
아버지 잡숫고 싶어 하실까 봐
집에서는 맛있는 음식을 하지도 못하게 하시고,
한시도 자리를 비우지 못하시고 고생만 하시다가,
아버지 돌아가시고 2년 만에,
무엇이 그리 급하셔서
인사도 없이 아버지 곁으로 가버리셨나요.

어머니!
너무나 불러보고 싶은 우리 어머니!!

아침에 눈만 뜨면 어머니 목소리를 들어야만
마음이 편안하곤 했는데,
그 씩씩한 목소리를 어디에서 듣나요….
어머니 가신 뒤 어머니 전화번호를
가만히 눌러보았습니다.
없는 번호라는 신호음이 들리네요.

어머니!

어머니가 안 계시다니
영원히 내 곁에 계실 것만 같았던
우리 어머니가 안 계시다니

가슴이 꽉 막혀오고 기가 막힙니다.
길거리를 지나가다 어머니 연배의 사람만 보아도
다가서서 손을 만지고 싶고 괜히 말을 붙여보고 싶고,
그럴 때면 "엄마" 하고 혼자 불러보고
눈시울을 적십니다.
목숨보다 소중하게 키웠던 6남매의 자식들…
어느 부모가 자식을 귀하게 여기지 않을까마는
우리 어머니 자식 사랑은 정말 특별했습니다.
누가 감히 흉내 낼 수 없는 그런 사랑이었습니다.

어머니가 가시고 나니 더 절실하게
어머니의 사랑을 느낍니다.
살아계실 때 조금 더 다정하게 못했던 것
후회하고 또 후회합니다.

어머니 보이시나요?

오늘 어머니를 사랑했던,
어머니가 사랑하셨던 사람들이
어머니를 그리워하며 모였습니다.
부디 아무 근심 걱정 없는 좋은 세상에서
편히 지내십시오.
다시 태어나도 어머니의 딸이 되고 싶습니다.

2005년 1월 9일,
어머니를 그리워하며 큰딸 태임이가 썼습니다.

Chapter 3

당당한 도전

시간은 아끼되
땀과 노력은
아끼지 않는다

　나는 새벽 4시면 눈을 뜬다. 수산업을 할 때는 새벽 4시에 눈을 떠서 물건을 살지 말지 결정하고는 했는데 지금도 그 습관을 버리지 못하고 있다. 부지런하지 않으면 성공할 수 없다. 여행을 갈 때에도 짐을 며칠 전부터 완벽하게 준비해 놓고 문 앞에 두어야 잠을 잘 수 있었다. 어떻게 보면 병적으로 내 자신을 단련시키는 경향이 있다.

　나는 사람들에게 어려운 일이 있을 때면 노량진이나 가락시장을 새벽에 둘러보라고 말한다. 남 잠잘 시간에 일하는 사람들을 보면 이 세상 살아가는 고통이란 게 아무것도 아님을 느낄 것이다. 동대문시장을 둘러봐도 좋다. 한 벌이라도 더 팔려고 웃음을 짓고 자기보다 더 큰 짐을 들쳐 메고 구르다시피 계단을 내려가고…. 시장을 가봐라. 안 된다고 신세한탄만 할 필요가 없다. 나 자신을 먼저 다스려야 한다. 나는 지금도 새벽에 일어나 화장부터 한다. 화장은 또 다른 여성의 자존심이라 생각한다. 아이들이 학교 갈 때 배웅하는 엄마들을 보면 대부분 부스스한 모습이다. 나는 한 번도 그래 본 적이 없다.

이것 역시 어머니에게 배운 것이다. 성공의 기본은 부지런함이다. 어릴 때부터 아침에 일어나면 세수하고 단장하면서 하루의 시작을 맞이했다. 나는 뭐든 허투루 하는 것을 싫어한다. 정리가 안 돼 있는 것이 생각나면 자다가도 일어나서 정리하고 자야 된다. 그리고 꼭 자기 전에 내일의 할 일을 써놓는데 이 또한 빠진 게 생각나면 자다 일어나 얼른 메워 넣는다. 나를 혹독하게 단련시키면서 요즘은 이러한 성격을 주신 어머니께 아침마다 감사의 인사를 전한다.

• 어머니 전성시대

• 김영삼 전 대통령 부인
  손명순 여사와 어머니

시골에서 태어난 내가 그래도 전국17개 시·도지부와 247개 지회의 수많은 회원을 거느린 단체장을 할 수 있게 처음 봉사활동을 시작하게 해 주시고, 대한민국 경찰의원으로서의 역할을 할 수 있게 해 주신 것을 감사합니다. 1년이면 20만 명의 여성들에게 취업할 수 있는 기회를 주고 10만 명을 취업시키는 전국 53개 여성인력개발센터연합의 회장으로서의 역할을 감당할 수 있게 힘을 주신 어머니, 감사합니다. 여성취업 70% 달성과 경력단절 여성의 재취업에 대한 공로로 2015년 7월 6일 대통령으로부터 '국민훈장동백장'을 수여받게 된 것, 이 모든 것이 어머니 덕분입니다. 감사합니다.

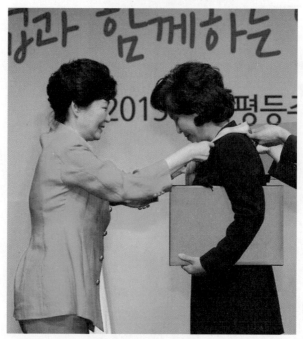

• 국민훈장 동백장 수상

• 도전 한국인상 수상

　내 인생을 마칠 때까지 어려운 여성들을 위해 '폭력 없는 세상 만들기' 운동을 펼칠 것을 어머니와 나 자신에게 약속합니다. 그리고 꼭 지켜내겠습니다. 1달러 기부운동을 통해서 과거로부터 지금까지 핍박받은 여성들을 위한 '해피 맘 센터'를 건립하여, 그동안 해왔던 봉사처럼 그런 여성들을 위해 봉사할 수 있다면 그보다 보람찬 삶도 없을 것이라 확신합니다.

사업하며
석·박사 따고

나는 사업체를 운영하면서 석·박사 학위를 취득했다. 주변에서는 힘들다고 만류했지만 내 가슴속에 불타오르는 불덩이를 참을 수가 없어서 한동안 속앓이를 했었다. '왜 가슴속에 불덩이가 남아 있나? 돈도 벌었고 나름대로 성공했다고 생각했는데….' 그런데 딱 마음을 먹고 열심히 공부하여 박사학위를 받고 나니까 가슴의 불덩이가 싹 내려갔다.

사실 학교 다닐 때까지만 해도 맨날 반장만 했었기 때문일까. 사회에 나와 각계각층의 사람들을 만나면서 '내가 여기 머물러 있으면 안 돼. 내가 왜 머물러 있지?' 하는 갈등이 많았다. 그때마다 결론은 '나 조태임은 이런 사람 아니야. 이렇게 머물러 있는 사람이 아니야. 내가 앞장서 가야 해.'였다. 나는 기자정신 같은 게 있어 대상이 정해지면 무조건 달려들어 파헤쳐야 속이 풀렸다.

• 박사학위를 받고

공부도 절대 설렁설렁 안 했다. 뒤늦게나마 강남역 영어 학원을 1년 동안 다녀서 박사학위 시험에 통과했다. 그러나 사업을 할 때는 일본 인과 사업적인 교류가 많았는데도 일부러 일본어 회화 공부를 하지 않았다. 오히려 그들 앞에서 내가 일본어를 유창하게 해버리면 호감 을 얻기 힘들 것 같아서였다. 그게 내 사업의 비법이었다. 그렇지만 성의를 다해야 했으므로 필요한 일본어는 어머니에게 일일이 적어달 라고 하여 바이어를 만나면 준비해 간 쪽지를 보면서 읽어 내려갔다. 그러면 그런 점을 더 좋게 봐주었다. 나이도 젊은 여성이 열정적이고 정직하고 약속 잘 지키는 점도 사업을 하는 데 플러스알파가 되었다.

무작정 동네에서 제일 부잣집을 찾아가 빌렸던 장로님 빚은 1년 만에 다 갚았다. 내가 빌린 돈이 사실 이자가 비쌌음에도 불구하고 단 한 달도 밀린 적이 없었다. 이자뿐만 아니라 과일이랑 선물들도 때마다 꼭 챙겨서 드렸다. 그런 점이 더 신뢰가 가셨던지 장로님은 이후에도 나의 은행이 돼주셨다. 사업할 때 갑작스레 물건을 구입하느라 돈이 필요할 때도 "장로님, 저 돈이 좀 필요한데요." 하면 아무 소리 없이 바로 빌려주셨을 정도다.

그러던 어느 날 장로님이 내게 동생이 있느냐 물으셨다. "조태임, 당신 대단한 여성이야. 처음에는 얼마나 놀랐는지 몰라. 젊은 여성이 일면식도 없는 나를 찾아와서 돈을 빌려달라는 그 용기에 감동해서 돈을 빌려준 거거든. 게다가 그동안 죽 지켜보니 하루도 이자 날을 틀리지 않고 말이야. 당신은 사업만 하기엔 아까운 인재야."라고 폭풍 칭찬을 해주시는 것이었다. 심지어 그런 나를 닮은 동생이라면 자기 아들을 소개해 주고 싶다고까지 이야기하셨다. 그럴 정도로 누군가의 신뢰를 받는다는 것은 무척 행복한 일임에 틀림없다.

한편 사업을 하면서 내가 가장 중요하게 생각한 것은 정도에서 벗어나지 않는 것이었다. 나는 내가 정해놓은 룰 안에서만 내 원칙에 맞춰 사업을 했다. 또한 내가 여자라고 해서 약한 척하거나 괜히 사업 파트너들에게 비겁하게 여자인 척하는 일은 절대로 없었다. 사업상 필요한 자리에 갈 때에도 나는 처음부터 못을 박는다.

"지금부터 나를 여자라고 생각하지 마세요. 남자라고 생각하고 상대하세요."

그리고 나서 "나는 술 못 먹어요."라고 정정당당하게 밝힌다. 대신

한 번 한 약속은 무슨 일이 있어도 지킨다. 이러한 원칙을 변함없이 지켜 나가니까 나중에는 "저 사람은 틀림없는 사람이야!"라는 평가가 돌아왔다.

내가 박사 학위에 도전하게 된 계기는 어쩌면 제약업을 하면서 유수한 외국 약학·의학 박사들과 함께 회의를 가거나 연구 성과를 보고받을 때 좀 더 공부를 해야겠다고 마음먹었던 것이 컸을지도 모른다. 생각해보면 그로 인해 저돌적으로 공부를 계속하게 되었던 것 같다.

• 공장 전경

수산업을 하면서는 냉동·냉장 창고업까지 활발하게 사업을 펼쳐 나갔고, 동두천 군부대 앞에 위치한 냉동 창고에선 창고 안에서 트럭이 움직일 수 있을 만큼 큰 냉동실을 운영했다. 냉장업은 수산물, 육가공식품, 농산물 등을 보관해 주고 보관료를 받는 일이다. 어쩌면 임대업인 셈인데 굉장히 안정적인 사업이었다.

또한 장류 회사도 운영하면서 식품업으로 큰돈을 벌었으나, 2011년 10월 어느 날 한국부인회 총본부 회장을 준비하면서 내 인생의 스케줄대로 모든 사업을 정리했다. 60살이 넘어서는 그동안 사회가 나

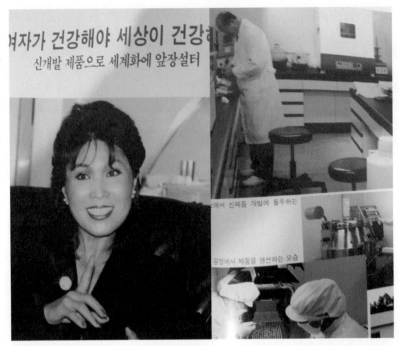

• 제약회사 사장 시절

에게 주었던 것을 봉사활동으로 되돌리기로 결심하였기에 미련이 없었다. 과감하게 모든 사업을 정리하고 2012년 3월 23일 한국부인회 총본부 회장으로의 임무를 맡음으로써 내 인생의 2막인 봉사하는 사람으로서 변신에 성공했다.

나에게는
아픈 손가락이
있었다

나에게는 외모도, 성격도 나와 많이 닮은 딸이 있다. 그 이름은 채환이다. 나보다 더 강한 기질의 딸을 통해 좌절감과 성취감을 동시에 느끼게 되었다.

채환은 어릴 때부터 한 번 울면 도저히 그치질 않아서 주변 사람들

• 딸아이 어린 시절

• 딸과 함께 즐거운 파티

이 못 견딜 지경이었다. 회사 가는 엄마를 놓치지 않으려고 울며불며 정말 괴로운 시간을 많이도 내게 주었다. 유치원을 넣어 놓으니 다른 아이들이 놀이를 할 수 없을 정도로 울어대고 엄마에게서 떨어지지 않으려고 하니 정말 미칠 노릇이었다.

그래서 회사에 출근할 때 아이를 데리고 가서 책상 밑에 내려놓고 놀게 하면 내가 전화하는 말을 그대로 따라하곤 했다. "수표 끊었어요? 돈 보냈어요?" 하는, 소꿉놀이를 해도 하필 돈놀이 소꿉놀이였다. 그래서인지 우리 채환이도 경제관념이 뛰어난 것 같다. 채환이는 걸핏하면 울기를 잘해서 매도 많이 맞았고, 나는 나대로 또 속이 상해 가슴앓이를 너무나도 많이 했다.

아이를 잘 키워 보겠다고 젊은 마음에 사립학교인 리라 초등학교에 입학원서를 제출하고 설레는 마음으로 추첨에 참여했다. 결과는 불합격이었다. 가슴이 철렁 내려앉으면서 벌써부터 이렇게 경쟁에 아이를 노출시켜서 패배감을 안겨준다고 생각하니 차라리 집 앞 공립학교에 보낼 것을 하는 후회가 있었다. 채환의 미래에 좀 더 내가 시골에서 하지 못했던 것을 해보게 해주고 싶어 꼭 합격시키려고 했으나 공정한 추첨이니 어쩔 수 없었다. 아이 손을 잡고 터덜터덜 계단을 내려오니 눈물이 핑 돌았다. 그냥 돌아서기에는 나의 성격상 도저히 포기가 안 되었다.

결국 나는 교장실을 찾아갔다. 그리고 리라 초등학교를 내가 선택하게 된 경위를 얘기하고 리라 졸업생으로서 세상에 꼭 필요한 사람을 만드는 데 최선을 다하겠노라고 1시간 이상을 떠들어 대니, 교장선생님께서 결원이 생기면 최우선으로 채환이를 입학시켜 주시겠다고 약속하셨다. 그렇게 며칠을 기다리니 학교에서 연락이 왔다. '합격'이라고. 나는 너무 기뻐서 아이 손을 잡고 다시 학교로 달려가 운동장을 돌면서 아이에게 어떻게 학교생활을 해야 할 것인지 얘기하고 교장선생님께 감사인사를 드렸다. 돌아서는 나의 발걸음은 하늘을 나는 듯 가벼웠다.

리라 학교에서는 모든 학생들에게 수영, 스케이트, 바이올린, 피아노는 물론 성악 등 모든 예능교육을 시켜주었기에 채환이는 커 나가면서 많은 도움을 얻을 수 있었다. 그런데 문제가 있었다. 채환이가 차를 타면 차멀미를 해서 스쿨버스를 타고 통학할 때 얼마나 고생을 하고 다니는지 안쓰러울 지경이었다. 그러나 1년 정도 고생을 하니 멀미가 많이 개선되고 학교에 정을 붙이기 시작했으며 모든 예체능

방면에서 두각을 나타내기 시작했다.

하지만 어찌 초등학교를 졸업하고 중학교에 들어가서는 정말 감당하기 어려울 정도로 변했다. 학교생활은 물론 집에서도 감히 말을 못 붙일 정도의 '풀쐐기' 같은 아이가 되어버렸다. 사춘기가 온 것이다. 공부를 소홀히 하고 친구들과 몰려다니기 시작했다. 결국 친구들을 떼어놓기 위해 과감히 이사를 가기로 작정하고 중학교 때 전학을 시켰다. 어찌 생각하면 오히려 중간에 전학을 시킨 것이 잘못이었을 수도 있으나 당시로서는 그대로 두고만 볼 수 없었다. 친구들과 놀러나간 아이를 찾으러 온 식구가 시내를 헤매고 다녔다. 그러다 보니 집에서는 모든 식구들이 온전한 생활을 할 수 없을 지경이었다. 아이를 학교에 보내놓고 끝나면 학교 앞에서 아이를 데려와 차에 태우고 집에 오곤 하는 생활이 계속되었다.

다행히 채환이는 공부의 끈은 완전히 놓지 않았다. 어떻게든지 비위를 맞춰 주고, 거짓으로 울면서 불쌍하게 보이려고 별 쇼를 다 해봤지만 소용없었다. 딸아이에게는 너무나 심하게 사춘기가 왔었던 것같다.

하루는 딸아이의 손을 잡고 달래서 여의도에 있는 연기학원에 등록을 하고 따라다니기 시작했다. 그나마 연기는 흥미 있어 하면서 이후부터 조금씩 가라앉기 시작했던 것 같다. 연기학원을 다니던 중 마침 기회가 닿아 TV 연속극에 출연할 기회가 주어졌는데 이때부터 아이도 본격적으로 흥미를 갖게 되었다. 딸이 3편의 드라마 출연과 리포터 활동을 통해서 안정을 찾아가고 있던 중에 나는 학교에서 학부모 모임이 있다기에 참석을 하게 되었다. 채환이가 고1 때였다.

강당에 많은 학부모들이 모여 있었고 나는 제일 뒷자리에 자리 잡고 앉았었다. 여자 교장선생님께서 인사말이 끝난 뒤 "여러분, 학부모 대표를 뽑아야 하는데 학생회장 어머니가 회장을 하면 어떻겠습니까?" 하고 물었다. 학생회장 어머니는 자기는 남 앞에 서는 것이 싫다며 수줍어하며 거절했다. 교장선생님은 순간 난감해하는 듯했으나 곧 개의치 않고 "모두 이의 없으시면 박수 쳐주세요."라고 입을 떼었다. 그때 나는 뒤에서 나도 모르게 손을 번쩍 들고 일어났다. 나의 돌발적인 행동에 참석자들이 모두 나를 바라보기 시작했고 교장선생님도 당황하는 기색이 역력했다. 나는 개의치 않고 "저에게 5분만 시간을 주세요."라고 말하고 단상으로 올라갔다.

"안녕하십니까? 저는 1학년 채환이 엄마입니다. 우리 채환이는 그다지 성적이 우수한 학생은 아니지만 여기 모이신 많은 어머니들도 저와 같은 걱정과 고민을 가지고 계실 것 같아, 여러분들과 함께 마음을 공유하고 싶어 앞에 나왔습니다. 물론 학생회장 엄마가 운영위원장이 되는 것도 좋습니다. 그러나 성적 때문에 고민하고 사춘기로 방황하는 아이들이 많을 겁니다. 나는 그 어머니들의 자녀들을 함께 걱정하고 함께 손 잡아줄 수 있는, 그러한 어머니가 대표 어머니가 되면 좋겠다고 생각합니다. 그렇기에 학교를 위해 봉사할 수 있는 시간이 주어진다면 그러한 학생들의 어머니가 되어 모든 학생이 행복하게 함께할 수 있는 학교를 만들고 싶습니다."

그 순간 많은 어머니들이 일제히 박수를 치면서 내 말에 호응하기 시작했다. 교장선생님의 얼굴이 노랗게 변했다. 당시만 해도 교복 맞추는 것부터 시작하여 모든 것을 운영위원회에서 결정 내렸기에 학교에 순종하는 운영위원장을 임명하는 게 학교로서는 편하다고 생각하는 것 같았다. 학생회장의 어머니는 내 기에 눌렸는지, 잘되었다는 듯 자기는 못 하겠다고 손사래를 쳤다.

교장선생님은 모든 학부모들의 환호에 어쩔 수 없다는 듯 나에게 인사를 하고는 따라오라고 이야기했다. 그래서 나는 교장실로 따라갔다. 그런데 교장선생님도 나와 대화하기 시작하면서 조금씩 안심하는 기색이었다.

"교장선생님, 저를 믿고 맡겨주시면 우리 학교에 손해를 끼치는 일은 절대로 없을 것입니다."

교장선생님과 서로 소통하니 신뢰감이 생겨서 나는 학교를 위해 최선을 다해 여러 어머니들과 함께 봉사해 주었다. 그렇게 나는 3년 내내 운영위원장을 맡아 활동했는데 학교 측과 어머니들 서로 만족하였다. 학교에도 많은 발전이 있었고 학교 전체 분위기도 너무 좋아졌다는 평가를 당시에 받았었다.

나 또한 보람이 있었다. 우리 딸 채환이도 정말 많은 변화가 있었고 사춘기를 슬기롭게 넘길 수 있었다. 다행히 내가 처음에 의도했던 대로 운영위원장의 딸 입장이 되자 채환이에게도 선생님들이 관심을 갖고 애정을 주기 시작했다. 사랑으로 반항심을 치유했던 것이다.

채환이는 원래 승부욕이 있던 아이라서 잘만 끌어주면 누구보다 크게 될 아이였다. 이후 사진반에 들어가 반장을 하게 되면서 아이도 조금씩 달라지기 시작했다. 나는 영어공부만큼은 열심히 시켰다. 방학이 되면 무조건 해외연수를 보내서 영어공부 기회를 갖도록 노력했고, 미8군 영내의 미군부대 군인에게 영어를 배우게 했다. 가정교사도 붙여주고 차로 학교까지 데려다주고 데려오면서 내가 딱 붙어서 사랑과 관심을 주니 아이도 조금씩 여유가 생기고 의욕이 생기는 듯했다. 글쓰기를 좋아해서 고등학교 1학년 때 한국일보 주최 글짓기 대회에서 입상을 하기도 했으며, 졸업식 때는 국어과 과목은 우등으로 졸업할 수 있었다.

그렇게 채환이는 한국에서 국립대학을 졸업하고 뉴욕의 손꼽히는 대학원에 입학원서를 제출했다. 그런데 시험을 보고 나온 아이에게 전화가 왔다. 영어를 제대로 못 알아듣는 바람에 시험을 못 본 것 같다며 떨어질 것 같다고 이야기했다.

딸아이가 말하길 시험을 보고 나서 유니온 스퀘어를 걷고 있었는데 한쪽에서 날갯죽지 없는 비둘기 한 마리가 먹이를 쪼아 먹고 있는 모습을 보고는 그게 똑 자기 같아 처량 맞아졌다고 하는 것이었다. 하지만 이 아이가 누구인가? 엄마인 나보다도 더 강한 성격을 지닌 아이이지 않던가! 내 딸답게 갑자기 오기가 발동하면서 '아, 내가 여기서 쓰러지면 안 되지.'라는 생각이 들어 곧바로 숙소로 돌아가 선생님들한테 메일을 보내기 시작했다고 한다.

"나는 한국에서 온 채환이라고 합니다. 오늘 시험을 보고 나서 유니온 스퀘어를 지나치다가 우연히 날개 없는 비둘기를 봤습니다. 이제 막 한국에서 온 내가 마치 그 비둘기 같아서 슬펐지만, 제게 다시 한 번 기회를 주신다면 제가 거기에서 끝까지 살아남는 비둘기가 되겠습니다."

딸아이의 용기와 정성에 감동을 한 것일까? 역시 미국은 기회의 땅인지 모든 교수님들이 다음 날 다시 오라고 해서 시험을 다시 보게 된 것이다. 딸아이는 자기가 알아들을 때까지 시간이 얼마가 걸리든 "다시 한 번 얘기해 주세요."라고 끈질기게 요구했다고 한다. 오히려 시험 감독관이 그 끈기에 감동하여 "너는 시험이고 뭐고 볼 것 없다. 이런 끈기라면 성공하고도 남겠다." 하면서 합격시켜 주었다. 정말 영화 같은 스토리이지 않은가.

• 딸이 일곱 살 때 선물한 그림접시

이렇게 반항아 기질이 다분했던 내 딸 채환은 뉴욕대학원 영화연출과를 나와 할리우드에서 받는 장학금으로 영화를 찍어 각종 큰 상을 휩쓸고 있다. 그리고 지금은 국립대학 강의 전담교수로서 학생들을 가르치고 있다. 이렇게 어엿한 사회인으로서 자신의 분야에서 최선을 다하고 있는 딸아이가 자랑스럽다.

우리 엄마와 나를 거쳐 우리 딸 채환이에게로 이런 적극적인 기질이 똑같이 유전된 것이 신비롭기까지 하다. 한때는 반항심 가득한 딸아이를 키우면서 느낀 바가 많아 더더욱 학교폭력과 가정폭력을 척결하는 데 힘쓰고, 내가 죽을 때까지 지고 갈 폭력 없는 사회 운동을 펼치면서 사회 정화에 힘쓸 것이다. 모든 부모는 아이들이 자랄 때 보고 배운 것이 얼마나 중요한 것인지를 다시 한 번 각성하고 자식들에게 본보기가 될 수 있도록 솔선수범해야 할 것이다.

우리 채환이가 우리 어머니, 그리고 나와 같이 위기의 대처능력과 임기응변에 얼마나 능한 사람인지 한 가지 일화를 소개하겠다.

채환이의 미국 유학시절, 현재 미국 대통령 당선자 트럼프의 딸인 이반카가 유명한 미국 배우들과 모델들을 초청해 으리으리한 장소에서 파티를 개최한 적이 있었다. 멋진 드레스와 슈트 차림의 유명 스타들은 리무진에서 내려 호위를 받으며 착착착 들어가는 데 반해, 일반 사람들은 수십 미터 이상 길게 줄을 선 상태로 모든 유명 스타들이 전부 입장을 하고 난 후에야 선착순 입장을 할 수 있었다고 한다.

파티가 열리던 날 한국에서 온 채환이 친구 몇 명이 이 유명한 파티에 참석하고 싶어 안달이 나서는 "우리도 거기 한번 가보자."라면서 채환이를 졸라댔다. 친구들 부탁도 있고 '까짓것 우리라고 못 갈

게 뭐야?라는 배짱으로 채환이는 친구들과 파티 옷을 입고서 그곳에 도착해 일반인들이 길게 늘어서 있는 줄에 합류하게 된 것이다. 12월의 추운 겨울날, 더구나 맨해튼의 그 추운 날씨에 끈만 있는 드레스를 입고 벌벌벌 떨면서 어떻게든 그 파티에 참석하기 위해 줄을 서 있었을 채환이와 친구들을 생각하니 웃음이 절로 난다.

뒤늦게 톱스타나 모델들, VIP는 특별히 따로 준비되어 있는 출입구가 있다는 것을 안 채환이는 옷을 다시 추슬러 입고 VIP gate로 향했다. 그러고는 "하이!" 하면서 당당하게 경호원을 불러 세웠다. 채환이가 마치 무슨 스타인 양 고개를 똑바로 세우고 너무나 자연스러우면서도 자신만만하게 인사를 하니, 경호원은 감히 붙잡을 생각도 못한 채 채환이를 일반인이 아닌 스타로 오해하고 친절하게 인사했다.

ChaeHwan : Can I speak to the manager?
채환 : 매니저를 불러주시겠어요?

Bouncer : Are you looking for Richard?
경호원 : 리차드를 찾는 거죠?

ChaeHwan : Yes.
채환 : 네.

Bouncer(over walkie) : Richard, there's a guest here to see you.

경호원(무전기에다) : 리차드, 너의 게스트가 와 계신다.

리차드는 문을 열고 채환과 눈이 마주쳤지만, 그는 채환이를 어디서 만난 누구인지 기억해 내려는 눈치였다.

채환이는 기죽지 않고 먼저 리차드 이름을 부르며 인사했다.

ChaeHwan : Hi Richard!

채환 : 안녕 리차드!

Richard(in a thick Italian accent) : Hi! How are you?

리차드(이탈리안 억양의 영어로) : 안녕, 잘 지내?

우리는 친구처럼 반갑게 포옹까지 하며 안부를 물었지만, 여전히 리차드는 채환을 기억하느라 매우 바빠 보였다. 채환은 그의 귀에다 속삭였다.

ChaeHwan(whispering) : You don't remember me, do you?

채환(귓속말로) : 너, 나 기억 못하지?

Richard : No I mean⋯ you're from⋯ where was it⋯?

리차드(당황하며) : 아니야⋯ 너 그때⋯ 거기 어디서 본 거 같은⋯ 아, 어디지?

리차드는 채환을 빨리 기억해 내지 못한 미안함을 감추지 못했다.

ChaeHwan : You don't have to try so hard to remember me. Because you don't know me.

채환 : 기억해 내느라 너무 노력할 필요 없어. 왜냐하면 넌 날 모르거든.

Richard : Then how did you know me and my name?

리차드(혼란스러워하며) : 그럼 넌 날 어떻게 알아? 내 이름은?

ChaeHwan : I asked to speak with the manager, and he called for Richard. I'm just a student from South Korea and I was outside waiting in line for half an hour in the cold, so I decided to see if I could get in, and here you are. So can you help me get in?

채환 : 경호원한테 매니저 불러달라고 하니 리차드를 찾느냐고 묻더라. 그래서 그렇다고 했지. 난 한국에서 온 학생이야. 밖에 저 긴 줄에서 30분 기다리는데 어떤 사람들은 안 기다리고 그냥 들어가기에 나는 혹시 못 들어가나 물어보러 왔어. 그래서 여기 네가 이렇게 나왔으니 물어볼게. 날 좀 들어가게 해줄 수 있니?

상황을 설명하자 리차드는 그제야 소리 내어 웃었다.

Richard : You got me. Just for being so clever, I'm putting you on the list.

리차드 : 와~ 재밌네. 나 너의 영리함에 당했다. 너는 지금부터 초대 리스트에 들어갔으니 들어가자.

리차드는 자신을 속인 것에 화를 내기보다 채환이의 배짱과 용기에 크게 감동한 듯했다. 채환이는 거기서 멈추지 않고,

ChaeHwan : I have three more friends waiting in line, so can you let them in too?

채환 : 저 줄에 내 친구들 세 명이 더 있어. 그들도 함께 들여보내 줄 수 있어?

기가 찬 듯 "오 마이 갓"만 외치던 리차드는 웃으며 고개를 끄덕였다.

Richard : Bring them in. You are just amazing

리차드 : 응, 다 같이 가자. 너 정말 대단한 배짱이다.

곧바로 리차드는 친구들까지 불러서 입장을 시켜주었다. 채환이의 배짱과 어디에서든 기죽지 않는 당당함 덕분이었다. 드레스 하나만 입고 벌벌 떨면서 줄 서 있던 친구들은 생각지도 못하게 매니저가 불러서 입장을 시켜주니 펄쩍펄쩍 뛰면서 좋아했다.

그렇게 들어가서 유명 배우와 모델들에게 리차드가 채환이를 한국에서 온 학생인데 분명히 크게 될 사람이니 잘 알아두라고 소개하자, 모두의 환영 속에서 많은 사람들과 인연을 맺을 수 있는 계기가 되었다.

"채환아, 너 대체 어떻게 들어간 거야? 와, 채환이 최고다 최고!"

그날 채환과 친구들은 마침내 VIP실을 통해 파티에 참석하여 많은 유명 스타들과 모델들도 만나고 파티를 신나게 즐겼다는 일화이다.

이렇게 대단한 용기와 위기 대처능력, 그리고 당당함은 채환이 역시 나 못지않게 우리 어머니의 핏줄을 이어받은 게 확실하다. 그래서 우리 어머니는 여러 손자들 중에서도 본인의 성향을 가장 많이 닮은 채환이를 제일 예뻐하셨다. 채환이 역시 방학이 되면 순천으로 내려가서 지냈던 시간이 많았기에 할머니에 대한 특별한 애정을 갖고 있는 것 같다.

모두가 고개 저을 때
밀어붙여라

인간관계에서 서로 마음을 소통한다는 것은 큰 결과로 나타난다.

월출산 자락 아래 자리 잡고 있는 기찬빌리지는 남편과 내가 20년 전부터 건물을 짓고 소나무를 한 그루, 두 그루씩 심어가면서 가꾼 장

• 직접 건축한 별장 전경

소이다. 국립공원 속에 자리 잡고 있으니, 처음에는 개인이 소유하는 것이 적절치 못하다며 군에서 수용하려는 움직임이 있었다.

그래서 나는 기찬빌리지 내에 전통식품 제조회사를 설립하여 전국에서 장독대 수백 개를 수집하여 늘어놓았다. 그리고 동네 아주머니들을 여공으로 모집한 후 동네에서 수확한 콩과 고춧가루로 된장과 고추장, 간장을 만들었다. 그 일을 끝마치고 난 후엔 도청과 군청에 보고하기 시작했다. 동네에서 놀고 있는 아주머니들을 모아서 장류 회사를 운영한다는 소문이 나기 시작하자 군에서 그 땅을 수용하려던 것을 포기했다. 나는 너무 기뻐서 된장, 고추장, 간장을 무상으로 지인들에게 모두 배포했다.

• 전국에서 모아온 장독들

기찬빌리지는 두 개의 단지로 되어 있다. 단지 사이에 계곡물이 흐르고 있어서 도저히 두 땅을 합칠 수 있는 방법이 없었다. 궁리 끝에 물이 흐르고 있는 계곡만 없으면 두 땅을 합쳐서 활용도 있게 사용할 수 있겠구나 생각하고 군수님을 찾아가 사정 얘기를 했다. 그런데 계곡은 주변 땅의 농사용 수로이니 없앨 수가 없어서 돕는 것이 불가능하다는 답변이 돌아왔다. 포기하지 않고 재차 담당자에게 문의했더니 일단 물이 흐르면 된다고 했다.

"그러면 어느 쪽이든지 물만 흐르게 하면 가능하겠습니까?"
"네, 물만 흐른다면 주변 농민들이 농사짓는 데 지장이 없기에 가능합니다."

• 직접 건축한 건물 전경

나는 기찬빌리지로 돌아와서 두 개 단지와 계곡을 살펴보며 물이 흐르는 길을 확인하고 다른 곳으로 물꼬를 돌리는 공사를 시작했다. 내 땅의 일부를 군에 기부를 하고 내 땅에다 계곡을 만들어서 물이 흐르게 만들었다. 물이 흐르는 방향만 바꾸었더니 계곡물은 그대로 흐르고 두 개의 단지는 하나의 대단지가 된 것이다. 어느 누구도 가능하다고 생각하지 않았던 계곡의 물꼬를 다른 곳으로 옮겼으니…. 나는 스스로 미소를 지었다.

　　나에게는 위기란 없다. 무엇이든 노력하면 된다.

내 삶을 빛나게 해준
고마운 사람들

한국부인회 김경인 명예회장님

내 인생의 터닝 포인트, 한국부인회 총본부 회장이 되기까지 나는 전임 회장인 김경인 회장님을 잊을 수 없다. 김경인 회장님은 나와 같은 순천 출신으로서 전남에서도 명문으로 꼽혔던 순천사범대학을 나오신 분이다. 냉철하시고 리더십이 강한 분으로 한국부인회가 위기에 처했을 때 큰 역할을 하셨던 분이다. 한국부인회의 순천 지회장을 역임하시고 전남지부 지부장을 역임하시면서 탁월한 리더십과 앞을 내다볼 줄 아시는 결단력으로 2대 회장인 박금순 회장님의 사랑을 많이 받으셨다.

우리 어머니께서 순천, 전남지부 이사장을 역임하셨으니 어찌 보면 순천과 전남지부 한국부인회는 두 분의 노력이 있었기에 전국 어느 지부보다 활성화될 수 있었으리라. 그 공로로 전국적으로 '김경인'

이라는 이름이 알려지게 되어 본부 법인이사로서 박금순 회장님의 신뢰와 사랑을 받았던 게 아닌가 싶다.

김경인 회장님과 나와의 인연은 60여 년 전으로 거슬러 올라간다. 내가 순천남초등학교 1학년이었을 때, 엄마 손을 잡고 앞가슴에 손수건을 단 코흘리개 시절이었던 그때 "앞으로 나란히!" 하는 선생님의 낭랑한 목소리를 들으면서 인연이 시작되었다. 선생님은 피부가 하얗고 하얀색 저고리에 검정색 치마를 입고 계셨다. 지금도 그 모습이 생생하다. 그분이 바로 전임 회장이신 김경인 회장님이시다.

• 1학년을 마치고   • 김경인 선생님과 함께

이 얼마나 깊은 인연인가? 한국부인회 순천·전남 이사장을 역임하신 어머니 서봉희 이사장님, 순천 전남 지부장 및 총본부 회장을 역임하신 김경인 회장님, 그리고 나! 이러한 인연은 정말 흔치 않다고 생각한다.

내가 2대 회장이셨던 박금순 회장님 장례식장에서 한국부인회 이사님들을 만났을 때 한국부인회에서 다시 적극적인 봉사를 권하셨다. 이때 김경인 회장님 역시 찬성하시고 나를 부회장으로 임명해 주셨다. 그렇게 6년간의 부회장 활동을 하면서 회장님의 탁월한 리더십과 조직운영을 옆에서 배울 수 있는 좋은 기회가 되었다.

지금 현재 총본부 회장으로서 내 역할을 잘할 수 있도록 보살펴 주시고 든든하게 지켜주시고 있는 김경인 명예회장님이 얼마나 큰 힘이 되는지 모른다. 사업가에서 다시 봉사자로서의 인생을 살 수 있도록 길을 열어주신 김경인 명예회장님께 다시 한 번 머리 숙여 깊이 감사를 드린다.

나의 부모님

누구나 부모님이 계시기에 이 세상에 태어난다. 나 역시 내 인생에 있어 아버지 조동원 회장과 어머니 서봉희 이사장, 이 두 분을 빼놓을 수 없다.

어렸을 때 아버지는 학교 다녀올 때마다 나를 세워 놓고 발표를 하게 하셨고, 발표가 끝날 때마다 칭찬을 아끼지 않으셨으며, 금전으로 보상을 해주심으로써 그 자금으로 남을 도울 수 있는 근거를 마련해 주셨던 분이다.

어머니는 강인한 성격으로 쓰러지려고 할 때마다 두 손 불끈 쥐고 일어날 수 있는 성격을 주시고, 사업가로서의 역량을 키울 수 있도록 손수 앞장서서 가정을 일으켜 세우신 분이다. 우리 어머니 서봉희 여사님은 잊을 수 없다. 항상 엄하셔서 어렸을 때는 내가 친딸이 아닌가? 하는 의심까지 할 정도로, 가까이 가기에 너무나 어려운 분이었다. 엄마와 다정하게 손잡고 다른 모녀간처럼 목욕탕에 가서 서로 때를 밀어주곤 하던 추억은 없지만, 나의 단단한 정신적 지주가 되어주셨던 어머니! 다른 딸들처럼 다가가서 그렇게 다정하게 못 해 드렸던 게 한으로 남아 있다.

항상 어렵고 살아 계실 때는 너무나 냉정하시고 조금만 마음에 안 맞으시면 가슴에 뼈가 녹아내리도록 독한 말씀으로 훈육해 주시던 어머니! 어머니가 가시고 나니 어머니의 빈자리가 이 나이에도 얼마나 크게 느껴지는지 모르겠다.

• 부모님과 함께 미국 여행 중

어머니가 돌아가시던 날 아침에 소식을 듣고 순천으로 급히 내려갔었다. 아버지는 이미 돌아가시고 어머니 혼자서 기거하시던 아파트에 아침식사를 하시려고 쌀 한 줌을 그릇에 씻어놓으신 것을 보고 가슴이 찢어지는 아픔을 느꼈다. 딸 셋 아들 셋, 이렇게 많은 자식들이 있는데도 아침식사를 함께 할 자식이 없었던가? 혼자 시골에 계시지 말고 서울에 올라오셔서 나와 함께 살자고 말씀드렸으나 "내가 아들이 셋인데 왜 너랑 사냐?"라고 하시면서 자존심이 하늘을 찌르셨던 우리 어머니! 강하시면서 속은 너무나 여린 소녀같이 순수하셨던 우리 엄마 서봉희 여사! 내 인생의 굽이굽이마다 잊을 수 없는 흔적을 남겨주시고 항상 내 편이 되어주셨던 우리 어머니, 존경합니다! 사랑합니다!

친한 친구 같았던 남편

남편은 5살 때 어머니가 돌아가셔서 새어머니 밑에서 자라났다. 내가 결혼했을 때 시댁의 분위기는 너무나 냉랭했다. 특히 새어머니와의 관계가 냉랭하여 내가 남편에게 물었더니, 형제들은 물론이고 아무래도 새어머니라서 거리감이 느껴진다고 했다. 나는 남편에게 자라면서 새어머니가 한 번이라도 목욕을 시켜준 적이 있느냐고 물었다. 그랬더니 어렸을 때 여름에 학교 갔다 오면 우물가에서 등물을 몇 번 해준 적이 있다고 했다. 그래서 내가 말했다.

"그러면 어머니 맞다. 우리 어머니를 훌륭한 어머니로 만듭시다."

그전에는 어머니 역시 전실 자식들을 멀리하고 흉을 보고 다닌다고 했다. 나는 〈전실 자식 6남매를 키우신 훌륭한 어머니〉라는 제목으로 글을 써서 시어머니께서 '훌륭한 어머니상'을 수상하도록 하는

데 힘썼다. 그 결과 시어머니는 '훌륭한 어머니'로 선정되었다. 물론 다른 형제들 중 '훌륭한 어머니상'을 받았다고 별로 탐탁지 않게 생각하는 사람도 있었으나, 상상 이상으로 놀라운 결과가 나타났다. 상을 타시더니 정말 훌륭한 어머니가 되어버린 것이다. 자식들 흉보는 것은커녕 태도가 돌변하여 자식들에게도 따뜻하게 대해주고, 남편한테 받은 논밭도 전실 자식에게 돌려주니, 자식들도 전부 어머니에게 따뜻한 마음으로 돌아와서 화목하게 되었다.

어쨌든 나와 남편은 부부간이기 전에 정말 친한 친구였다. 단 한 번도 언성을 높여서 싸워본 적이 없다. 내가 박사학위를 위해 대학원 진학을 한다고 했을 때 남편은 별로 좋아하지 않는 듯했다. 왜냐하면 저녁마다 공부하고 논문 쓰느라고 시간을 함께할 수 없다는 이유에서였다. 그러나 막상 박사학위 수여식 때 제일 기뻐해 준 사람이 남편이었다.

어느 날 문득 남편과 나는 우리 둘 다 공부를 할 만큼 했는데 유학을 안 다녀왔다는 사실을 깨달았다.

"자, 그러면 우리 더 늦기 전에 유학 갑시다."

서로 마음을 합쳐 바로 유학준비를 했다. 남편은 변호사 사무실을 정리했다. 나도 모든 사업을 일시 정리하고 둘이서 2006년 미국으로 유학을 갔다. 그리고 젊은 학생들과 함께 1년 반 동안의 짧은 미국생활을 경험했다. 지금도 눈을 감고 있으면 맨해튼 거리가 눈앞에 어른 거리고, 컬럼비아 대학의 교정과 미국 맨해튼의 전철 등 추억에 젖어 보곤 한다.

남편은 몇 년 전 먼저 내 곁을 떠났다. 제일 친한 친구 같던 남편은 나에게 잊을 수 없는 선물을 남겨주고 멀리 떠났다. 지금까지도 내 가슴속 깊이 남아 있는 남편의 소중한 선물!
남편은 모든 가족들이 지켜보는 마지막 가는 길목에서 말했다.

• 미국 유학시절

"여자라고 다 같은 여자는 아니다. 나는 조 회장을 만나서 행복했고, 99.9% 만족했고, 후회한 적이 단 한 번도 없다. 내가 혹시 가고 없더라도 조 회장이 하는 모든 일에 누구든지 토도 달지 말고 무조건 도와줘라. 진즉 자기 일을 했더라면 좋았을 걸…. 내 뒷바라지만을 위해 최선을 다했으니 그동안 너무 미안했소."

남편이 이렇게 말해준 것만으로도 나에게는 어느 큰 선물보다 더 크고 소중한 선물이 되어 가슴에 가득 차 있으며, 내 가슴속에서 내 남편은 영원히 살아 있는 것이다. 더 이상 나한테 필요한 것이 무엇이 있겠는가? 가장 사랑하는 사람에게서 합격점수를 받았으면 내 인생은 성공적이라 스스로 생각하며, 날마다 하루하루 열심히 남편 몫까지 봉사하며 살 것이다. 하늘나라에서 다시 만날 때까지….

Chapter 4

한국부인회 소비자운동의
부활을 꿈꾸며

내 인생의 터닝 포인트, 한국 여성운동가·소비자운동가로 변신하다

한국부인회 회관을 리모델링하다

소비자운동의 부활을 꿈꾸며

내 인생의 터닝 포인트,
한국 여성운동가·소비자운동가로
변신하다

나는 순천, 전남지부 이사장
을 역임하고 계셨던 친정어머니
의 추천으로 1980년 한국부인회
와 인연을 맺었다. 당시 2대 회장
인 박금순 회장님께서는 회원들
의 자녀들이 한국부인회에 참여
할 수 있도록 독려했었다. 그래서
소비자분과위원 중에는 어머니
께서 활동하고 계신 분들이 많이

• 어머니와 김경인 회장

계셨다. 이렇듯 한국부인회는 대를 이어 봉사할 수 있도록 하는 분위
기가 무르익었었다.

그중에서도 특히 잊지 못할 사람은 현재 97세인데도 현역에서 총

본부 법인 이사로 활동하고 계시는 송용순 회장님의 따님인 이혜숙 소비자위원이다. 항상 조용히 미소 짓고 남을 배려했던 다정다감한 성격으로, 나보다 몇 살 손위지만 친구처럼 절친하게 지낸 고운 미소가 특별했던 이혜숙 위원은, 아쉽게도 43세라는 너무나 젊은 나이에 하늘나라로 가셨다.

당시 송 회장님의 슬픔은 말로 표현할 수 없었을 것이다. 외동따님을 잃고 가슴 아파하시던 송 회장님을 나는 내의 몇 벌을 사서 찾아뵙고 위로해 드렸다. 그리고 그 후 몇 년간은 잊지 않고 찾아뵈었으나 여러 가지 현실적인 상황 때문에 잊고 살고 있었다.

2006년 2대 회장이셨던 박금순 회장님의 장례식장에서 다시 송 회장님을 만나 뵐 수 있었는데, 송 회장님은 나를 반갑게 안아주시며 다시 한국부인회에서 활동하라는 말씀을 전하셨다. 그러고는 가만히 내 손을 끌고 가셔서는 자신의 속옷을 보여주셨다. 당신의 따님을 생각하며 내가 사드린 내복을 아끼면서 20년간 입고 계신다는 것이다. 마음이 찡하였다.

한국부인회의 산증인이시고 봉사라는 것이 무엇인지 몸으로 보여주신 훌륭하신 송용순 회장님, 항상 어려울 때 말없이 손 잡아주시고 함께 울어주셨던 송용순 회장님, 사랑합니다. 그리고 감사합니다.

1980년 1월인가, 추운 겨울날이었다. 나는 광화문에 있는 한국부인회 본부를 처음으로 찾아가서 박금순 회장님을 면담하고 활동하기로 결정했다. 박금순 회장님의 탁월한 리더십과 사람을 대하는 모습에서 봉사를 해야겠다는 결심을 하고, 일주일에 몇 번씩 직접 도시락을 준비해서 열정적으로 봉사활동을 했었다.

이렇게 봉사하면서 즐겁고 보람찬 일도 참 많았었다. 80년대만 해도 해외여행에 자유롭지 못할 때였는데 일본 소비자단체와 MOU를 맺기 위해 일본을 방문하고 중국, 대만, 하와이 등으로 회원 약 20여 명과 함께 서로 우정을 나누면서 교류하고 했던 즐거운 추억이 남아 있다.

사랑하는 한국부인회 54주년

내가 한국부인회에 발을 디딘 게 벌써 36째째가 된다. 내가 중앙대학교 출신이니 중앙대학교를 설립하신 임영신 박사님에 대해 각별한 관심도 있었거니와 먼저 한국부인회 활동을 하고 계셨던 친정어머니의 영향도 크지만, 임영신 박사님이 애국자이자 상공부 장관과 국회의원을 역임한 우리나라 여성 리더의 선구자이기 때문에 나는 한국부인회에 아무 조건 없이 가입하게 된 것이다.

1980년 1월부터 소비자분과의원으로 들어와서 10여 년 활동하였고, 그 후는 사업에 몰두하느라 소홀했던 시절이 있었다. 그러나 나는 한국부인회 회원임을 가슴에 새기고 한 번도 내가 한국부인회 회원이 아닌 경우를 생각해 보지 못했거니와 누가 물어보아도 한국부인회 회원임을 부인해 본 적이 없었다.

2006년인가? 2대 회장 박금순 회장님께서 돌아가셨다는 소식을 들고 서울 강남 소재 성모병원으로 달려갔던 기억이 난다. 아무리 자식이 없이 미혼으로 돌아가셨어도 그렇지, 너무나 초라한 장례식 앞에서 박금순 회장님과의 약속을 저버린 것이 너무 미안하고 야속하기만 했다.

내가 상근으로 나오다시피 했던 소비자분과위원에서 "회장님, 봉사도 정말 좋지만 우선 돈 좀 벌고 봉사해야겠어요." 하면서 이제는 한 달에 한 번씩 모이는 위원회만 참석하고 나머지는 사업에 열중하겠다고 했더니, 박 회장님께서 "너 후회한다. 열심히 봉사하고 있으면 나중에 총본부 회장도 될 수 있는데…." 라면서 아쉬워하셨던 기억이 났다. 그렇게 "회장님, 돈 좀 벌고 다시 한국부인회에서 활동하겠습니다."라고 했던 약속을 회장님이 돌아가신 뒤에야 깨닫게 되었다.

마침 장례식장에 모여 계시던 법인 이사님들이 다시 함께 봉사활동을 하자고 하여 흔쾌히 승낙하고 부회장으로 영입되어 6년간의 부회장을 거치고 2012년 3월 23일 제9대 한국부인회 총본부 회장이 되었다. 그리고 2015년 3월 제10대 한국부인회 회장으로 연임되었다.

• 80년대 한국부인회 시절

• 한국부인회 부회장이 되고 나서 소비자 단체장들과 함께

한국부인회 회장 취임사

한국부인회 총본부 신임회장 조태임

사랑하는 한국부인회 전국대의원 여러분 감사합니다.

저는 30년 전 한국부인회에서 오랫동안 활동해 오신 친정어머니의 추천으로 총본부 소비자분과위원으로 한국부인회와의 인연을 시작하였습니다. 그때 맺은 인연이 이렇게 열매 맺도록 도와주신 김경인 회장님, 임명순 회장님, 송용순 회장님, 그 외 여러 법인이사님들 정말 감사합니다. 앞으로도 제가 한국부인회를 이끌어 나가는 데 더 큰 지도와 편달을 부탁드립니다.

우리 한국부인회가 그동안 법적으로나 경제적으로 너무나 어려운 상황에 있었던 것 모두 잘 알고 계실 것입니다. 이제 우리 부인회가 새로운 도약을 위해 날갯짓을 시작하는 이 중요한 시기에 총본부회장이라는 중책을 맡게 되어 무거운 책임감을 느낍니다.

그동안 그 많은 어려운 상황에서 탁월한 지도력으로 우리 부인회를 이끌어 오신 김경인 회장님께 감사와 존경의 말씀을 드립니다. 또한 혼란 속에서도 꿋꿋하게 자리를 지켜주신 우리 전국 한국부인회 회원 여러분께도 깊은 감사의 말씀을 드립니다.

우리 한국부인회는 아시다시피 1949년 창립된 대한부인회가 모체이면서 1963년 6월 초대 상공부장관과 중앙대학교 이사장을 역임하셨던 임영신 박사님을 초대 회장으로 추대하면서 역사가 시작되었습니다. 그동안 크게는 여성발전사업, 건전가정육성사업, 환경보호사업, 법률구조사업, 소비자보호사업, 사회복지사업 등 여러 분야에서 선배 회장님들이 이루어 놓으신 많은 성과들을 토대로 앞으로 여성의 인권과 권익 증진·강화, 나라 발전을 위해 열심히 일해 나갈 계획입니다. 또한, 여성인력개발센터와 어린이집 등 전국 6개의 운영법인으로서 위치를 확고히 하여 한국부인회의 존재감을 부각시키는 데 노력할 것입니다.

본인은 지난 6년간 총본부 부회장으로서 의약품처방조제시스템 전국 확대 추진위원과 식품의약품안전청 잔류물질 심의위원, 보건복지부 식품위생 심의위원, 농림부 축산물 HACCP 위생 심의위원, 소비자협의회와 식약청 사업인 나트륨 저감화 사업연구위원으로 한국부인회를 이끌어 나가기 위한 실질적인 실무경험을 쌓아왔습니다. 또한 저는 여러분과 힘을 합해 한국부인회 발전과 더 나아가 대한민국의 발전을 위해 많은 일들을 하고 싶은 기대감으로 가슴 벅차 있습니다.

전국 대의원 여러분, 우리 합심하여 즐겁게 봉사하고 서로 따뜻한 정을 나누고 기뻐하며 우정과 신뢰의 조직이 될 수 있도록 여러분과 함께 고민하고 땀 흘리며 앞으로 나아갈 것입니다. 여러분과 함께라면 잘할 수 있을 것이라는 믿음이 생깁니다. 화합과 단결 앞에 두려움이 있을 수 없고, 밝은 미래만이 우리를 기다릴 것입니다. 여러분, 우리 모두 한국부인회의 발전을 위해 단결합시다. 감사합니다.

2012. 3. 23

그렇게 2012년 3월 23일 한국부인회 총본부회장으로 선출된 후 앞으로 한국부인회를 통해 더 큰 봉사를 실천하기 위해 모든 사업을 접고 한국부인회 총본부 회장으로 출발을 시작했다. 처음 회장으로 선출되고 사무실에

• 내가 직접 집필한 책을 한국부인회에 기증함

들어가니 직원들 급료도 주기 어려운 경제 상황이었다. 나는 고민하기 시작했다. 처음 얼마 동안은 내가 직접 나서 부족한 금액을 기부금 형식으로 지출하여 직원들 급료도 주고 경비도 쓰고 하였다. 그러나 봉사단체를 이끌면서 어느 혼자의 힘으로 단체를 이끌어 나간다는 것은 너무나 어려웠다. 그렇기에 모든 회원들이 함께하면서 기부금을 모금하는 방법이 없을까? 생각하다가 책을 쓰기로 했다.

여러 사람들을 만나보면서 느낀 것이지만 많은 어머니들이 영양의 기초에 대해서도 지식이 없는 경우가 많다는 것에 착안하여 내가 전공한 영양에 대한 얘기를 몇 달간 밤낮으로 책을 썼다. 제목은 '엄마가 딸에게 들려주는 영양이야기'로 정했다. 간단한 영양지식부터 시작해서 엄마가 딸에게 들려주는 듯한 어조로 음식 만드는 법, 아이를 낳고는 어떻게 해야 하는지, 수유기 때는 어떤 음식을 먹어야 젖이 많이 나오는지 등 결혼하기 전에 여성들이 꼭 알아야 할 내용을 적었다. 그리고 인쇄비 등 모든 경비는 전액 내 개인자금으로 지불하고 한국부인회에 전부 기부하였다. 그리고 17개 도·지부 회원들은 책

을 한 권씩 구매해서 전액 한국부인회 기금으로 입금되도록 했다.

덕택에 거금 7,000만 원의 기금이 일시에 들어와서 어려움을 이겨 나가는 계기가 되었다. 이 일은 한국부인회의 저력을 볼 수 있는 기회가 되면서 모든 회원들이 단결하는 힘이 되었으며 모든 회원들이 뭉치고 소통하면 아무리 어려운 일도 해결할 수 있겠구나 하는 희망도 생겼다.

초창기 한국부인회는 1963년 10월 3일 대한부인회와 대한여자청년단을 통합하여 전국대회로 소집하여 새로운 이념과 그 실천을 목표로 출발하였다. 출범 당시는 전국 10개 시·도지부 및 192개 시·군·구 지회를 결성하였다. 현재는 17개 시·도지부와 247개 지회에서 전국 120여 만 명의 회원들이 나라사랑과 나라발전, 그리고 여성의 권익 향상을 위해 봉사하고 있는 여성단체이자 소비자운동을 대한민국에서 처음(1960년대)으로 시작한 애국애족단체이다. 이후 1963년 10월 9일 창립총회를 마치고 총본부 임원진을 구성하였는데 중앙대학교 설립자이시자 초대 여성 상공부장관을 역임하셨던 임영신 회장님, 그리고 박금순 상임부회장이 중심이 되셔서 결성하였다.

임영신 회장과 박금순 부회장이 참석한 가운데 1963년 11월 7일 전주시 공보관에서 시·군 대의원 152명이 참석해서 윤정옥(전 대한부인회 회장)을 회장으로 뽑는 전북 도지부 결성을 시작으로 9일은 경북 도지부에서 167명 대의원이 참석하여 엄숙의 여사를 회장으로, 11월 9일은 부산에서 대의원 192명이 참석하여 허수인 씨를 회장으로 뽑고 마산에서는 경남도지부 회장에 한순남 여사를 선출했다. 10일에는 제주 지부장에 고수선 씨를 11일에 충북지부 조전순 씨를, 충남도지부에는 김낙길 여사를 회장으로 선출하고 전남지부는 12일에 광주극장에서 182명의 대의원이 유남옥 여사를 회장으로 선출했다. 또한 서울시 각 구·지부 조직은 11월 초부터 시작하여 발기대회를 마치고 11월 중순부터 9개 지부를 결성하여 9개 도지부와 9개 서울시 구·지부로 조직을 시작하게 된 것이다.

그렇게 시작한 한국부인회는 2016년 9월 말 기준 현재는 전국 17개 시·도지부와 247개 지회를 통해 수많은 회원이 활동하고 있으며, 침체기를 지나 활발하게 여성운동과 소비자운동을 펼치고 있다. 더구나 재한동포들 30만 명을 흡수하여 소비자운동가로서의 역량을 강화하기 위해 소비자아카데미를 개설하였다. 재한동포를 포함한 1기 60명, 2기 60명의 아카데미 재학생들이 졸업하여 한국부인회 소비자운동가로서 활발히 활동할 수 있도록 진행 중에 있다.

한국부인회 회관을
리모델링하다

　한국부인회 30년사를 읽어보니 본 회는 1963년 9월 창립 직후 서울역 앞 세브란스 1층에 방 2칸을 임대하여 출발하였다고 적혀 있었다. 그러나 초대 회장인 임영신 박사가 대한교육연합회 회장으로 피선되면서 본회 사무실을 교육회관 5층으로 이전하였다.

　처음에는 20평에서 시작하여 50평으로 확장하면서 임영신 회장님께서 교련회장으로 계시는 동안에는 특혜를 받고 적은 임대료로 있었으나 임 회장님의 교련회장 사임 후 벅찬 임대료를 부담해야 했기에 1970년부터 회관준비위원회(회장단, 이사 26명)에서 소액의 기부금으로 기금 조성을 시작했다. 당시 금액 5백만 원의 목표로 출발한 기금은 7년 만에 8천만 원으로 조성되었다. 그에 따라서 1987년 11월 16일 마포구 공덕동 105-191번지 연건평 87평(지하1층, 지상2층)의 양옥집을 구입하여 외관을 수리하고 사무실로 개조하여 1988년 6월 6일 입주하게 되었다. 회관 마련을 위해 박금순 회장은 7년간 8천만 원을 조성하였고 총무이사 서안순, 정선심, 한소정, 주정순, 박금순 회장을 포함한 임원들이 각 일천만 원씩 오천만 원을 기증하고 정옥남, 이동숙, 이삼순 이사가 5백만 원씩, 타 이사들이 100~300만 원씩 기증해 주셨다.

　이후 현재 본부회관인 마포구 합정로 445-9번지로의 이전 과정엔 여러 가지 어려운 일들이 있었기도 했다. 여러 이사님들의 증언에 따르면 공덕동 사옥 시절 박금순 회장님의 병세가 악화되고 회장으로서 역할을 하기 힘들어지자, 한국부인회가 양 파벌로 갈라져 혼란기를 거치면서 자칫 모든 것을 잃어버릴 수도 있을 시기에 김경인 전임 회장의 결단력으로 공덕동 사옥을 매각하고 현재의 마포 합정동 사옥을 매입하여 정착하게 되었다고 한다.

　현재 지하 1층, 지상 4층의 사옥은 은행 업무나 교통편이 약간 불편한 점도 있으나 그래도 따로 임대료를 내지 않고 오히려 1층과 4층에서 약간의 임대료를 지불받고 있는 덕에 직원들 급료를 지불하는 데 도움이 되고 있다. 그러나 처음 입주하였을 땐 건물이 노후하여 여름에는 비가 새서 직원들이 총동원되어 물을 퍼 나르고 겨울이면 추워서 여러 개의 난방기구들을 켜 놓으니 공기가 건조하여 힘들었다. 또한 외벽은 오래된 붉은 벽돌로 되어 밖에서 보기에 한국부인회의 위상에 누가 될 것 같거니와 마침 직원들의 복지에도 오래된 건물이 방해가 되기에 수리를 해야겠다고 마음먹고 어느 날 건축 관계자들을 불러서 외벽과 직원들이 사용하고 있는 2·3층 및 지하실을 수선 보수하는 견적을 받아보았다.

　그런데 견적을 받아보니 우리가 원하는 대로 리모델링 하려면 1억 이상이 들기에 꼭 필요한 부분만 보수하기로 하고 6,300만 원에 결정을 보아 2014년 여름부터 준비하여 겨울을 거치면서 사옥을 외관부터 시작하여 2층, 3층 내부를 수리하기 시작했다.

　많은 사람들이 아시다시피 비영리단체인 한국부인회는 리모델링에 사용되는 금액은 고사하고 직원들 급료 주는 데도 급급하였기에

• 외부 리모델링 공사 전　　　　　• 외부 리모델링 공사 후

• 2층 내부 리모델링 공사 전　　　　• 2층 내부 리모델링 공사 후

단 한 푼의 여유자금조차 없었다. 나는 기꺼이 공사 금액 6,300만 원 전액을 내 개인자금에서 기부하기로 마음먹고 공사를 시작하였다. 추운 겨울날 손을 호호 불며 공사감독을 하면서도 얼마나 마음이 기쁜지….

'그래, 내가 열심히 사업을 해서 돈을 벌었으니 나의 젊은 시절 순수한 봉사정신으로 돌아가 무조건적인 사랑으로 봉사하자. 그리고 기쁜 마음으로 아깝게 생각 말고 기부하자.'는 생각에 도달하였던 것이다. 정말 기쁜 마음으로 한국부인회 사옥 리모델링에 최선을 다했다. 조금 더 나은 환경에서 근무하게 된 직원들의 사기에도 큰 도움이 되었다고 생각하며 현재 2층을 본 회 강의실로 쓰고 있으니 얼마나 좋은지 모른다.

'그래, 조태임! 돈은 이렇게 쓰는 거야!'

• 80년대 박금순 회장님으로부터 공로패 수상

소비자운동의
부활을 꿈꾸며

한국부인회 국제소비자문제연구소(IRICI) 개소

2014년 1월 6일 국제 소비자 단체와의 상호유대 강화를 통하여 한국의 소비자문제 전반을 세계적으로 알리기 위하여 건물 수리가 끝나서 근사하게 회의실로 변신한 합정동 한국부인회 총본부 건물 2층에 총본부 산하 국제소비자문제연구소(Institute of Research for International Consumers' Issues)를 개설하였다.

소장에는 서울대학교 소비자학과(서울대 가정과 전신) 출신인 김미정을 영입하고, 싱가포르에서 한국으로 시집 와 살고 있었던 주디라는 이름의 활달하고 적극적인 다문화 여성을 함께 합류시켰다. 또한 부회장으로 영입한 이화여대 법대 출신의 최세려 부회장이 이끄는 소비자위원들을 구성원으로 조직을 구성하고, 국제소비자기구 가입을 위해 서류를 준비하는 등 분주하게 준비하기 시작했다.

그렇게 국제소비자문제연구소는 2대 박금순 회장 재임 시 국제소비자기구(IOCU)에 가입했던 한국부인회 산하 부속기관으로서의 역할을 제고하고, 창립 50주년의 역사와 더불어 성장해 온 한국부인회의 미래의 국제교류 사업을 지원해 줄 부속기관의 역할을 하기 위해 외국 지회와 교류하기 시작했다.

• 80년대 일본 소비자 단체 방문

일본, 미국, 중국, 동남아 지역의 국외 지부들과 더불어 국제 소비자 단체의 활동상황 파악 및 정보 공유 등을 통해 소비자 권익을 향상시키고 소비자 보호사업을 지원하려는 목적으로 제일 먼저 중국 인민일보를 통해 청도 국제교류협회와 MOU를 맺기 위해 전국 17개 지부장과 50여 명의 회원들과 함께 중국 청도를 방문하였고 큰 성과를 거둘 수 있었다.

청도에서의 한국부인회 국제교류 성과를 보자 중국 엔타이 등 각 지역에서 연락이 오기 시작했다. 앞으로는 세계적인 소비자기관으

• 한국부인회 총본부 회장이 되고 중국과 MOU 체결

로서 한국부인회 국외지회와 협력하여 소비자의 이익을 증진시키고, 국제소비자문제 상담, 상품 비교테스트, 국제상품정보 교환, 국제협력 증진, 소비자 권리와 이익 도모를 위한 국제회의 개최, 소비자 정보, 법률, 금융, 보험, 교육 등에 관한 내용을 협력 추진할 계획이다.

한국부인회 소비자아카데미 개설

1963년 설립되어 올해로 54주년이 된 한국부인회는 1990년 중반부터 2000년 초반까지 그동안 10여 년의 침체 과정도 겪었다. 한국부인회는 우리나라에서 소비자운동을 처음 전개한 단체지만 리더의 부재로 소비자운동도 역시 활발하게 움직일 수 없었던 것이다. 나는 한국부인회 총본부 부회장으로 영입된 후 한 달에 한 번씩 개최되는 소비자단체협의회 이사회에 참석하게 되었다.

소비자단체협의회는 10개 단체가 가입되어 있는 단체임과 동시에 한국 소비자운동의 중심지였다. 회의에는 김천주 주부클럽연합회장, 소비자연맹의 정광모 회장, 소비자시민의모임의 김재옥 회장과 송보경 회장, 주부교실중앙회의 이윤자 회장, 소비생활연구원 김연화 회장 등 우리나라 소비자운동에 앞장서신 기라성 같은 분들이 참석하고 계셨다. 1980년에 처음 한국부인회에 가입하고 박금순 회장님 시절 소비자위원으로서 활동을 해왔다고 하나 나는 그 자리에서는 초보자에 불과했다.

회의가 시작되니 각 단체 간에 서로의 입장 때문에 긴장의 연속이었고, 많은 회장님들의 신경전은 장난이 아니었다. 하지만 그 와중에서도 나는 다른 단체 소속의 회장님이셨음에도 불구하고 송보경 회장님에 대해 좋은 인상을 갖게 되었다. 소비자운동에 대한 해박한 지식, 소비자운동에 대한 발언을 하시는 모습 속 아무 욕심 없는 태도, 그리고 학교에서 오랫동안 학생들을 상대해서 그런지 굉장히 순수하신 모습과 성격에 관심을 가지게 되었다. 그러나 그분과 가까이 할 수 있는 시간과 특별한 교류는 없었다.

이후 2016년 소비자단체협의회 40주년 집필을 위해 송보경 회장님을 비롯하여 소협(소비자단체협의회) 사무총장을 역임한 녹색소비자연대 박인례 공동대표와 현 소협 사무총장, 임은경 사무총장과 이정수 전 사무총장, 이수경 전 사무총장 등 5명이 소비자단체협의회 40주년 집필진으로 선정되어 집필하던 중에 2박 3일 힐링 캠프를 가야겠는데 마땅한 장소가 없다는 임은경 사무총장의 전화가 왔다.

나는 기꺼이 내가 소유하고 있던 전남 영암 월출산 기찬빌리지를 힐링 장소로 제공하고 그들을 초대했다. 내 소유 별장에 초대했으니 나는 바쁜 일정 중에도 달려가서 그들을 안내해 주었다. 그러면서 여러 얘기들을 나누다 보니 자연스럽게 서로 소통할 수 있는 기회도 생겼다. 송보경 회장님과 얘기를 나누던 중 나는 머릿속에 휙 번개 치듯 지나가는 아이디어가 떠올랐다. 60년대 소비자운동을 처음 시작했던 한국부인회가 다시 재도약을 하려면 어떻게 해야 될까? 나는 회원의 역량 강화가 필요하다고 생각했고, 이러한 얘기를 송보경 회장님께 상담 드리고 도움을 요청했다. 송 회장님께서는 나의 얘기를 들으시고 기꺼이 도움을 주시겠다고 했다.

그리하여 나는 서울로 올라오자마자 우선 서울과 경기, 인천 등 가까운 지역의 젊은 회원들을 상대로 학생들을 모집하기 시작했다. 며칠

만에 62명의 회원이 모집되었고, 한국부인회 2층 강당에서 〈제1기
한국부인회 소비자아카데미〉를 개설하게 되었다. 교장선생님과 전
담교수는 송보경 교수님이 맡아주셨고, 소비자 문제에 해박하신 분
들을 강사로 모시고 5월 10일부터 8강에 걸쳐서 강의를 진행한 결과
제1기 졸업식을 개최하게 되었다.

• 소비자 아카데미 졸업식

　8강을 하는 동안 강의를 맡아주셨던 송보경 교수님도 "한국부인회
는 희망이 있다."라고 말씀해 주시면서, 정말 전통 있는 따뜻한 단체
라고 열정을 다해 강의해 주셨다. 8강을 마치고 졸업식 날 중앙대학
교에서 졸업식 가운을 대여 받아 학사모를 쓰고 사진을 찍는 상기된
모습의 회원들을 보니 정말 보람을 느꼈다.

　2016년 9월 6일엔 제2기 아카데미 입학식이 있었다. 2기에는 경남,

충북, 대전 등 지방에서 지원해서 소비자 교육을 받겠다고 경비를 들여 찾아오는 분들까지 있었다. 더구나 빈손으로 오지 않고 회원들과 함께 먹으려고 손수 떡까지 장만하여 오는 우리 회원들을 보며 가슴이 먹먹함과 동시에 고마운 마음을 말로 표현할 수가 없었다.

또한 2기 아카데미에는 재한동포, 즉 중국에서 살다가 한국으로 오신 동포 대표(조선족) 10여 명도 참석하여 한국부인회 소비자운동에 참여하게 되어, 더욱더 뜻 깊은 교육이라는 생각이다. 중국에서 한국으로 들어와서 한국 국민으로 정착한 사람은 70여 만 명에 이르고 그중 여성이 30만 명 정도가 된다고 한다. 그러므로 우리 한국부인회에서는 이러한 재한동포 여성들 역시 한국부인회 회원으로 영입하고 함께 재한동포를 위한 소비자운동을 펼쳐나갈 것이다. 이렇듯 소비자아카데미 교육은 회원들의 역량 강화는 물론 회원 간에 서로 '우리는 하나다!'라는 뜻을 느낄 수 있는 큰 계기가 되었다.

이렇게 1기 62명, 2기 60명, 총 120명의 교육생들은 한국부인회 소비자운동의 정예부대가 되어 현장에서 직접 활동할 수 있게 될 것이다. 소비자 교육에 참여하지 못한 여러 회원들로부터 언제 또 소비자아카데미 3기를 개설하느냐는 문의가 쇄도하고 있다. 참으로 놀라운 효과를 거둔 셈이다. 더구나 나는 조선족 출신 재한동포 여성들에 대해서 특별한 관심을 가지고 있다. 그들만의 고민인 소비자 문제에 대해 그분들을 교육시켜 그분들의 고민을 해결할 수 있도록 소비자 고발부터 시작할 계획을 세우고 있다.

• 중국 연태 여성들과 협약식

1기생들은 수료식을 마치고 졸업여행을 중국 엔타이시로 갔다. 인민일보 초청으로 쯔산 온천으로 가서 서로 옷을 벗고 온천욕을 하면서 더욱더 정이 깊어진 듯하다. 또한 중국 연태시 인민대외우호협회와 MOU를 맺음으로써 중국과 한국 여성들의 교류를 증진하고 한국부인회에서 펼치고 있는 '폭력 없는 세상 만들기' 운동에 함께하기로 합의했으며 소비자운동에 대해 문제점을 서로 교류하기로 했다. 이러한 교육이 전국적으로 계속되기를 바라면서 마음속으로 파이팅을 외쳐본다. 한국부인회 파이팅!!!

올해 54주년이 된 한국부인회. 1980년 처음 소비자 분과위원으로 인연을 맺은 후 빙빙 돌아 2012년 3월 23일 제9대 총본부 회장으로 취임하고, 2015년 3월 제10대 회장으로 연임에 성공했다. 전국 17개 지부와 247개 지회의 회원들 및 재한동포 지부와 함께 오늘도 여성의 권익 향상과 나라사랑을 위해 열심히 봉사하고 있다. 앞으로도 어려움에 처한 여러 여성들과 함께 손잡고 '행복하고 안전한 세상 만들기'에 앞장서기 위해 소비자운동의 중심에 서서 앞으로, 앞으로 나아갈 것이다.

한국의 여성운동과 소비자운동
(한국부인회를 중심으로)

소비자운동을 처음 시작한 여성단체인 한국부인회

사진으로 보는 조태임 회장의 활동

소비자운동을 처음 시작한
여성단체인 한국부인회

조태임 회장

1980년 한국부인회 총본부 소비자분과위원으로 현장에서 실천적
으로 활동하였고, 2006년부터는 수석부회장으로서 봉사활동의 영역
을 넓혀갔다. 한국부인회 제9대(2012~2014) 회장을 역임하고 제10대
(2015~현재) 회장으로 활동 중이다.

한국부인회는?

2016년 기준 전국 17개 시·도 지부의 247개 지회 조직과 수많은 회
원이 활동하는 여성·소비자단체이다. 1949년 창립된 대한부인회의
뜻을 계승하여 1963년 6월 초대 상공부장관이었던 동시에 중앙대학
교 이사장을 지냈으며 독립 운동가이자 여성운동의 선구자라 불리는

승당 임영신 박사를 초대 회장으로 선출하여 창립되었다. 이후 53년 간 여성의 자주성과 자립심을 높이고 잠재능력을 개발하는 데 앞장 서고 있으며 정치, 경제, 교육, 문화, 가정 복지 분야에서 정의사회와 양성 평등을 이룩해 왔고 합리적인 소비 생활로 복지사회 실현에 기여하고 있다.

• 80년대 한국부인회 소비자위원 시절

한국부인회 주요 활동 연표

1960

1960년대 – 태동기
소비자고발센터
〈불만의 창구〉 개설(1965)
'소비자보호'지 창간호 발간(1967)
소비자품평회(1968)

1970

1970년대 – 활동 진입기
불량 및 우량 제품 비교전시회(1971)
물가조사(1973)
상품 테스트(1973)
소비자보호 자문위원회 구성(1973)
국제소비자연맹(IOCU) 준회원 가입(1974)

소비자보호기본법 제정정책 제안(1975)
국제소비자연맹 안아 파잘 회장 초청 심포지엄(1979)

1980

1980년대 – 활동 전성기
동방유량 식용유 사건(1981)
'소비자보호' 100호 발행(1983)
국제소비자연맹(IOCU) 로다 카파킨 회장 초청 특별세미나(1985)
한국소비자보호원 설립정책 제안(1986)

1990

1990년대 – 활동 성숙기
상품 테스트(분유, 연탄, 화장품, 주방용품 등)
패스트푸드에 대한 의식조사(1993)
랄프 네이더 초청 특강(1996)

2000

2000년대 초반 – 침체기
2000년대 후반 – 소협과 연대하여 활동

2010

2010년대 – 도약의 시기
한국부인회 국제소비자문제연구소(IRICI) 개소(2014)
소비자아카데미 발족(2016)

한국부인회 활동사

1. 애국계몽운동

1963.10.04. **창립 발기총회**(발기인 131명)

1963.10.09. **창립총회**(회장 임영신, 부회장 박금순, 김인옥, 장여옥 피선)

1963.12.31. 전국 10개 시·도지부 및 192개 시·군·구 지회 결성 완료

1963년. 전국부인회 간부 故이승만 대통령 내외 청와대 초청 방문

1963년. 한국부인회 동대문지부 발족식

1964.02.18. 생활개선촉진 강연 및 전시회

1964.04.02. **법인 인가**(보건사회부 78호)

1964.04.02. **법인 설립 등기필**(서울 민사지방법원 474호)

1964년. 일본교토부인회 모국방문단

1963년
전국부인회 간부 故이승만 대통령 내외
청와대 초청 방문

1963년
한국부인회 동대문지부 발족식

1964년 일본교토부인회 모국방문단
국내 주요시설(경주 유적지 등)시찰 안내

1964년 일본교토부인회 모국방문단
故정일권 국무총리 접견

1964년 일본교토부인회 모국방문단
환영회 행사

1966.01.05. 농촌무료진료 개시(3년간 계속)

1967년. 재일부인회 초청 일본 방문

1968.02.27. 북괴만행과 소비성향 좌담회(이수근 초청)

1968.04.08. 국립묘지 미화작업

1968.07.27~09.30. 간첩신고 계몽운동(전단 80만 부 배부)

1969.04.10. 승공강연회(귀순자 김남식)

1969.12.15. 납북 대한항공 승무원 송환 호소문 발송

1970.02.05. 북괴 세균전 획책 규탄대회(박금순 부회장 메시지 낭독)

1971.08.12. 남북 이산가족 찾기 제의 환영 성명 발표

1972.03.10. 통일문제연구위원회 발족 및 만찬

1972.11.13. 국민투표 계몽교육

1973.05.21. 재미교포가정 500개 태극기 전달식(500매)

(로스앤젤레스 이광덕 문화회관장에게 전달)

1973.06.29~06.23. 특별선언과 국제정세에 관한 특강

1973.09.29. 피랍 이정수 씨 찾아주기 캠페인(전단 10만 부 배부)

1974.08.05~06. 반공 현지교육(통일이념 대비)

1974.08.23. 반공 궐기대회 및 육영수 여사 합동 추모대회

1974.12.06. 여성 반공 궐기대회(신상초 교수)

1975.05.08. 안보다짐 궐기대회(결의문 채택)

1975.05.31. 범여성 총력안보 궐기대회

1975.06.22~23. 새마을 여성지도자 연수

1975.09.09. 향토예비군 중대 발대식

1975.10.01. 국군의 날 행사 급수 지원

1976.11.29. 한중 부녀 반공세미나(한국 대표 40명 참석)

1977.07.06. 범여성 안보궐기대회

1977.07.19. 방위성금(30만 원 기탁)

1977.08.09. 용사의 집 방문(빵 기증)

1978.04.13. 청와대 도청에 대한 궐기대회

1978.05.11. 총력안보 전국대표 다짐대회

1979.04.02. 총력안보 강연회(강사: 윤여흔 의원)

1980.09.03. 안보 결의대회 및 세미나

(급변하는 국제정세와 북한의 대남전략)

1984.10.08. 북괴만행 규탄 결의대회

1991.07.12. 제15기 평통자문위원 발족(본 회 9명의 위원 참석)

2006.09.15. 국정감사 NGO모니터단 출범식 및 모니터교육

2006.09.15.
국정감사 NGO모니터단 출범식 및 모니터교육

2008.09.19. 국정감사 NGO모니터단 발대식

2008.12.03. 국정감사 평가회 및 우수의원 시상식

2008.12.03.
국정감사 평가회 및 우수의원 시상식

2014.01.21. 대한민국 국회의원 의정대상 시상식

2014.08.21. 2014년 국정감사 NGO모니터단 출범식(국회 헌정기념관)

2014.09.19~10.04. 한국부인회 인천시 지부 인천 아시안게임, 인천 장애인 아시안 게임 "태극기 나누어주기" 활동

2014.12.08. 2014년 국정감사 NGO 우수 상임위, 우수위원 시상식 (국회 헌정기념관)

2. 소비자운동

※ 피해구제(소비자상담)

1965.02.01. 소비자고발센터 〈불만의 창구〉 개설

1988.09.09~10. 이동 소비자고발 접수

1990.05.28. 소비자 이동고발

1991.04.04. 소비자 이동고발

1991.09.12. 이동고발 및 캠페인

1992.10.27. 소비자 이동고발

1993.04.26. 소비자 이동고발

2010.02.05 공정거래위원회 1372 소비자상담센터 개통식

※ 소비자정보지 발간

1967.08.25. '소비자보호'지 창간호 발간

1983.07.21~22. '소비자보호' 100호 발행 기념 국제세미나

-상호의존세계에 있어서 소비자운동의 문제점 및 방안-

1967.08.25.
'소비자보호'지 창간호 발간

1983.07.21.~22.
'소비자보호'지 100호 발행기념 국제세미나
-상호의존세계에 있어서
소비자운동의 문제점 및 방안-

※ 상품검사 및 조사

1968.03. 소비자품평회(남영나일론)

1968.03.05~04.05. 소비성향조사(국회의원 대상)

1968.03.26. 소비자품평회

1969.10.28. 제2회 소비자품평회(시판 분유)

1969.10.28. 제3회 시판 음료 품평회

1970.03.05. 청량음료 여론조사 발표

1970.04.01~06.30. 1·2·3차 계량모니터제 실시

1970.06.05. 소비자 품평회(시판 청량음료)

1971.09.16. 진간장 개량 품평회

1971.06.29. 계량 측정 경기대회

1971.07.16. 시판 간장 품평회

1971.07.25. 불량 및 우량 식품 의약품 화장품 비교전시회

1971.07.29. 계량측정 콘테스트

1973.02.13. 물가 조사(변두리, 중심가)

1973.07.24. 빙과류 품평회

1973.09.24. 상품 간이테스트(과일 선택요령, 농약문제)

1973.10.19. 연탄 품평회

1974.02.26. 생필품 가격조사

1974.05.31. 두부품평회

1974.07.04. 시장 서비스 평가회(전문가, 주부)

1974.07.30. 교통서비스 평가회(전문가, 주부)

1974.12.10. 현미 시식회(7분도 쌀)

1974.12.17. 식용유 품평회(관련 전문가 초청)

1975.04.30. 옹기그릇 품평회

1975.07.30. 생선 가격조사(신선도 포함)

1975.09.15. 물가 조사

1976.02.27. 청량음료 품평회

1976.04.21. 샴푸에 관한 여론조사(300명 대상)

1976.10.28. 전기보온밥통 품평회(300명 대상 여론조사)

1977.02.17~03.17. 제3차 소비자 의식구조 조사

1977.02.28~03.18. 완구류에 대한 여론조사

1977.06.16. 소금에 관한 품평회

1977.10.24. 옹기그릇 품평회

1977.11.11. 쌀 신품종 비교 시식회

1977.11.11. 국산차 애용을 위한 품질 평가회

1978.03.30. 어린이를 위한 완구 품평회

1978.05.04~20. 어린이용품 전시회 및 설문조사(1,000명 대상)

1978.07.24~29. 식품류 상품의 품질표시 조사

1978.09.01~09.30. 의류 품질표시 조사

1978.11.18~11.28. 연탄품질에 대한 여론조사

1978.12.01. 포장지 품평회

1978.12.25. 신품종 쌀 시식회

1979.03.27. 완구 안전에 대한 품평회

1979.07.09~17. 어린이 물놀이용품 안전도에 대한 설문조사

1979.07.23. 어린이 물놀이용품 품평회

1980.03.21. 쇠고기 관능테스트

1980.05.22. 물가 조사

1980.07.10. 연성세제 사용 결과에 대한 평가회

1980.10.28. 제3회 용기 품평회

1981.01.29. 식용유 품평회(9개 정제메이커 제품검사)

1981.02.23. 현미 시식회(현미영양가 분석)

1981.02.17~18. 식용유에 대한 성명서(중앙, 조선일보)

1981.04.18. 위해상품 추방 전국 실천대회

1981.06.23~07.10. 화장품 설문조사

1982.03.18. 아동복 가격 및 품질표시 조사

1982.09.19. 대학생 소비자위원 간담회(의류 구매 실태조사)

1984.08.07. 식품의 유통과정 조사

1984.08.29~30. 상품 표시 조사(경제기획원 주최)

1984.09.18. 청과물 유통실태 조사

1986.04.01. 공정거래제도 실시 5개년 기념 간담회(상품 표지 과대광고)

1986.06.25. 물놀이 용구 조사 결과 보고 및 소비자교육

1986.11.21. 채소유통 및 소비실태와 개선방향

1987.01.11~30. 독서실 유해환경 조사

1987.07.14~30. 수입상품 의식 조사

1988.05.11~20. 청소년 흡연 실태 조사

1988.05.17. 방사선 조사 식품 문제에 대한 발표회

1988.07.30~08.10. 공원 및 유원지 실태조사

1989.01.30. 쇠고기에 대한 문제점 및 대책 토론 및 발표회

1989.02.20. 식품포장재 랩의 유해성 발표회

1989.04.27. 상품권의 문제점에 대한 소비자 토론회

1989.05.25. 등푸른 생선 햄버거 및 생선가스 시식회

1989.08.11. 식육제품 햄, 소시지 검사결과 및 식육제품 문제점과
유통실태 발표회

1990.03.15~16. 분당 신도시아파트 주택 청약 대상자 설문조사

1990.07.09. 쌀 및 토양의 중금속 오염에 대한 시험 검사

1990.07.24. 시판 빵(26종) 실량 검사

1990.09.27. 신부화장 및 드레스 대여료 가격 조사

1990.10.25. 시판 분유 시험 결과(인공영양 및 분유의 문제점)

1990.11.14. 시중 판매 연탄 수거·시험분석

1990.12.26. 연탄품평회

1991.02.01. 대기오염 측정

1991.02.26. 화장품 가격 조사

1991.05.29. 주방용품 조사

1991.07.13. 완구류 설문조사

1991.07.24. 국민학교 학용품 조사

1991.11.18. 시판 액젓 검사

1993.01.21. 종합선물세트 과대포장 실태 조사

1993.07.05. 패스트푸드에 대한 의식 조사

-침체기-

2004.11.23. 국정감사 모니터 활동 및 우수모니터 시상

2006.11.30~12.03. 2006년 서울 쌀박람회 및 발효식품전

2008.04.28. 국립농산물품질관리원 수입소고기 원산지 점검 발대식

2009.12.21. 한국소비자단체협의회 브랜드 쌀 평가

2010.08~09. 추석물가 조사(기획재정부 후원)

2012.04.30~08.12. 여수세계박람회 숙박업소 조사 및 서비스 실태 조사

2013.07~09. 전통시장의 제고를 위한 요인 조사

2014.05~10. 결혼문화의 정상적인 소비정착을 위한 비용·서비스 가격 및 실태 조사

2015.01~12. 생필품 조사

2015.05~10. 육포 소비확대에 따른 소비자 인식 개선과 합리적 소비를 위한 가격 및 소비실태 조사

2015.05~11. 가정상비약 및 건강기능식품의 정상적인 소비정착을 위한 판매처별 제품가격 및 소비실태 조사

2015.09~10. 농식품 공정거래 현장조사

2016.06.17. 스마트소비사업 로컬푸드 현장탐방

2016.06.24. GAP 현장 탐방(농림축산식품부)

2016.06.17.
스마트소비사업
로컬푸드 현장탐방

2016.08.26. 농·식품 스마트 아카데미 현장체험

2016.09.07. 한우 현장체험(강원도 춘천 하이록 해피 농장)

※ 교육 및 출판·홍보

1967.04.27. 소비자 계몽강좌

1968.01.26. 품질관리표시법 특강

1970.03.20. 70년대 주택구조와 택지 선택 특강

1972.06.30. 계량모니터 교육

1973.02.21. 소비자 보고대회(물가 안정과 주부들의 자세)

1973.06.30. 계량모니터 실기교육(계량기 50대)

1974.04.01. 계량모니터 교육 및 훈련(1개월)

1975.01.16. 주식 개발 고구마 시식회

1976.06.04. 하절기 가전제품 세미나

1977.01.18. 소비자 의식구조에 대한 세미나

1977.06.09~10. 우유공장 견학

1978.04.20. 계량모니터 요원 교육 실시

1978.05.04. 어린이를 위한 소비자 교육

1981~1990년 발행 '건전가정 10년 사업'

1982년. 소비자문제 논고집 발행

1982.03.16~03.23. 소비자보호 순회 대강연회 -소비절약과 소비자
보호-

1982.07.08. 치약에 관한 강연회

1982.09.14. 소비자보호 강연회(광고윤리와 소비자 권익 보호)

1982.01.30. 생활과학강좌(금리 인하가 소비자에게 미치는 영향)

1984.03.11. 소비자 권리의 날 기념 대강연회(피해보상기구 활용방안)

1984.07.08. 생활과학강좌: 외채와 방송의 소비성

1984.08.20. 특별 초청 강연회(미국 슈퍼마켓 실태)

1984.08.29~30. 전국 시·도지부장 연수회(식품표시, 광고 공정화 방안)

1984.10.30~31. 시·도지부장 연수세미나 -공공기관 서비스문제-

1985.03.14. 생활과학강좌: 건강과 식품

1986.03.15. 소비자 권리의 날 기념행사(2000년대의 소비자 활동 전망)

1986.12.11. 서울 17개 구·지부 임원 특별교육(기업인이 본 소비자)

1987.07.07. 제3기 경제과학교실 개강

1987.11.18. 소비자 대강연회(서울)

1988.11.07. 소비자 강연회(소비자 안전문제)

1988.11.06. 바이오 세라믹스에 대한 간담회

1988.11.08~18. 소비자 순회강연

1989.03.13. 제7회 소비자 권리의 날 기념강연(오존층 보존 환경교육)

1989.09.11. 과대광고와 소비자 간담회

1989.11.02~21. 소비자 강연회

1989.12.08. 소비자교육(가족의 영양식단 우유와 가족)

1990.03.15. 제8회 소비자 권리의 날 세미나(소비자의 의식구조)

1990.03.19. 제1회 행동하는 소비자상 시상(수상자 이상주: 평택읍 개미 문구사)

1990.12.11~1991.05. 생활용품 전시회

1990.12.11. 생활용품 수상자 시상(일반 5명, 학생 2명 시상)

1990.12.11~1991.05. 생활용품 전시회

1991.03.15. 소비자 권리의 날 강연회 및 제2회 행동하는 소비자상 시상식(수상자 정경술(68세))

1992.03.13. 행동하는 소비자상 시상 및 실천하는 소비자 심포지엄

1995.11.09.
정보화 시대의 소비자

1992.08.08. 전자시대의 모색 국제심포지엄

1993.07.14. 음용수 관리실태와 소비자선택에 대한 세미나

1995.11.09. 정보화시대의 소비자 특강

-침체기-

2004.10.09. 실버시대 컴맹 탈출 교육

2006.04.28. 농산물명예감시원 교육

2007.04.24. 농수산물명예감시원 교육

2009.01.21. 설 대비 농산물 유통현장 방문

2009.04.10. 합리적 식품안전관리방안 마련을 위한 대토론회

2009.06.09. 경제위기 극복을 위한 전국소비자대회 참여

2010.02.22~23. 농림축산식품부 후원 소비자를 위한 수입 쇠고기
유통이력제 교육

2011.04.20. 디지털TV 전환 교육

2011.06.30. 농림축산식품부 축산물 HACCP과 수입쇠고기 유통이
력제 교육

2011.07.12.
우리 한우 바로 알기 교육

2011.07.12. 우리 한우 바로 알기 교육

2011.07.12. 나트륨 저감화 소비자교육 및 미각테스트

2012.03~10. 축산물 HACCP과 수입쇠고기 유통이력제 교육

2012.03.12. 인터넷상거래 피해예방 교육 및 홍보

2012.04.09. 농산물명예감시원 교육

2012.06.10. 취약계층교육

2012.08.29. 전국소비자운동가대회

2012.08.30. 취약계층 결혼이민자 교육(마포다문화지원센터)

2012.08~10. 국민건강보험공단-국민건강보험공단 교육

2012.09.18. DUR(의약품 안심서비스) 교육

2012.10.26. 유기가공인증 활성화 소비자현장체험

2012.11.08. 유기가공인증 활성화 소비자교육

2013.05~10. 농산물우수관리(GAP)인증제도 교육 및 홍보

2013.05~10. 우수식재료 및 건강한 식생활 교육 및 홍보

2013.05.06. 우리 한우 바로알기 교육

2013.06.21. 국민건강보험공단 소비자교육

2013.06.28. 인터넷 전자상거래 피해예방 교육

2013.08~09. 당류 저감화 소비자교육

2013.08~11. 취약계층 소비자교육

2013.09~11. 불량식품 근절 위탁교육 및 캠페인

2013.10.29. 유기가공식품 활성화 소비자 현장체험

2013.11~12. 축산물 HACCP 현장 탐방

2014.05.22. 다단계 및 방문판매 피해예방교육 및 캠페인

2014.05.22. 우리 한우 바로알기 교육 및 시식회

2014.07~09. 국산 제철 농식품 영양 및 건강한 식생활 교육 및 홍보

2014.08.21. 건강기능식품 소비자교육

2014.08.25. 가금산물(닭 · 오리 · 계란) 합리적 소비촉진 교육

2014.10.02~22. 취약계층 소비자 경제교육(주부, 새터민)

2014.11.20. 가금산물 합리적 소비 촉진 요리대회(농림축산식품부)

2015.05~10. 국산 제철 농식품 소비 확대를 위한 소비자인식개선
교육 및 홍보

2015.06~10. 식의약 안전교실

2015.06~11. 바른 밥상 안전한 먹을거리 불량식품근절 위탁 교육

2015.07~10. 취약계층 소비자교육

2015.07.20. 국립농산물품질관리원 축산물 명예감시원 교육

2015.07.20. 안전한 먹을거리로 만든 바른 밥상 전국 릴레이 교육

2015.07.24. 안전한 먹을거리로 만든 바른 밥상 전국 릴레이 교육

2015.07.24. 국산 제철 소비 확대를 위한 소비자인식 개선 교육

1974.09.07~13
진짜 가짜 국산품 전시회

1975.09.02~07
문제상품 전시회

2015.08.21. 국산 제철 농식품 소비확대를 위한 현장체험

2015.09~11. 건강기능식품 교육

2015.09.21. 국립농산물품질관리원 축산물 명예감시원 교육

2015.09.21. 취약계층 소비자교육

2016.05.10. 제1기 소비자아카데미 개강식 및 교육

2016.05.13. 제15회 식품 안전의 날 기념식(조태임 회장)

2016.05.18. 식품 안전의 날 세미나(조태임 회장)

2016.06.10. 국립농산물품질관리원 명예감시원 교육

2016.06.28. 제1기 소비자 아카데미 수료식

2016.07.08. 소비자운동 발전방안 모색 워크숍(1박 2일)

2016.07.22. 생활 속 화학용품 안전 관리(모기 기피제 중심으로) - 소비

자 포럼

2016.09.05. 제2기 소비자 아카데미 입학식

2016.09.05. 제2기 소비자 아카데미 입학식

2016.09.06. SPA 교육

2016.12.02. 2016년 '제 21회 소비자의 날' 기념식

2016.12.03. 어식백세 전국수산물요리대회 개최(한양대)

2016.12.03. 어식백세 전국수산물요리대회 개최(한양대)

※ 좌담회 및 전시회

1970.11.18. 문제된 제과제빵 좌담회

1974.06.15. 끼워 팔기 진상 간담회

1974.09.07~13. 진짜, 가짜 국산품 전시회

1971.09.08. 뛰는 물가와 부엌경제에 대한 간담회

1975.03.10. 대학생이 본 소비자운동 간담회

1975.08.14. 여름철 생선 판매 개선 간담회

1975.09.02~07. 문제상품 전시회

1976.05.17. 분식 전시회(빵, 면, 튀김, 간식류)

1976.11.02. 가정 전기용품 전시회

1977.03.10~03.30. 가정 열난방기구 전시회

1978.03.23. 소비자 보호운동의 방향에 대한 전문가 간담회

1979.06.16. 빙과류 여론조사 결과에 대한 간담회

1979.08.28. 아동복 치수에 대한 간담회

1979.12.24. 어린이 소비자위원 간담회

1982.12.03. 기성복의 문제점과 주부들의 구매실태 간담회

1983.01.11. 표시광고 공정화 방안에 대한 간담회

1986.05.14. 식품포장재 및 용기의 위해에 대한 간담회

1987.03.26. 식품포장재 위생실태에 대한 간담회

1987.05.26. 농약공해 실태 및 예방에 대한 간담회

1987.12.03. (수질오염, 매스미디어 공해) 합성세제, 농약공해에 대한 세미나

1988.02.01. 식품포장재에 대한 간담회

1988.06.24. 수입식품에 대한 문제점과 대책에 대한 간담회(일본의 수입식품 현황, 국내 수입식품 문제점, 수입식품 국내유통 실태)

1988.07.18. 피자파이 생산업자와 간담회(전자레인지 POC 사용금지)

1989.05.04. 우윳값 인상에 따른 간담회

1989.08.14. 식품표시법에 대한 토론회

1990.01.10. 신도시 아파트 배관제 문제점에 대한 기자 간담회

1990.01.30. 신도시 건설에 대한 소비자 간담회(KIST 김영철 박사)

1990.03.02. 전화요금에 대한 간담회

1991.06.13. 기업 내 환경관리 실태 간담회

1991.12.07. 기자 초청 간담회(소비자 담당)

2009.12.04. 유통업체, 유통구조 실태조사 및 개선방안 종합간담회

2009.12.07. 생활필수품 소비자가격 안정방안 토론회

2016.03.24. 소비자학과 소비자운동의 협력·발전에 관한 간담회(조태임 회장)

2016.04.06. 서울국제수산식품전시회 개막식 참석(조태임 회장)

2016.04.18. 소비자권익 증진을 위한 3대 영화관-소비자단체 간담회

※ 캠페인

1967.04.20. 부정식품 불매운동 결의

1967.09.09. 간접세 인상과 물가상승에 대한 교양 강좌 및 반대 캠페인

1967.11.20. 불량식품 안 사기 결의

1974.06.24. 부정외래품 배격 촉진대회(건의문 및 결의문 채택)

1974.07.05. 맥스웰 커피 기습인상에 대한 불매운동 결의

1976.03.09. 전국소비자대회(결의문 채택)(소비자의 권리, 교육 등 각계 참여)

1976.03.22~04.20. 전국 순회 소비자대회(인천, 부산, 춘천 및 서울 구·지부)

1976.03.09. 전국소비자대회(결의문 채택)
(소비자의 권리, 교육 등 8명 각계 인사 발표)

1981.05.19~20. 시·도지부 연수회(위해상품 평가회: 전기보온밥통, 도시락, 물통)

1985.03.14. 세계 소비자 권리의 날 기념행사(광고의 윤리)

1988.05.10. 식품안전 캠페인

1989.01.13. 백화점 물품 불매운동

1990.08.09. 보전음료에 대한 불매운동 호소문

1990.12.20. 과소비 억제 캠페인

1991.04.26. 건전 소비생활 캠페인

1991.09.12. 이동고발 및 캠페인

2008.08.19. '안전한 먹거리 우리 손으로' 교육(1차)

2008.08.26. '안전한 먹거리 우리 손으로' 교육(2차)

2008.08.29. '안전한 먹거리 우리 손으로' 캠페인(1차)

2008.09.02. '안전한 먹거리 우리 손으로' 캠페인(2차)

2008.09.09. '안전한 먹거리 우리 손으로' 캠페인(추가)

2010.02.08. 농수산물명예감시원 부정유통 근절 캠페인

2010.04~10. 홈쇼핑 구매패턴 의식조사 및 알뜰시장 자원절약 캠페인

2012.05.30. 위조상품 추방 소비자 캠페인

2012.08~11. 스마트폰 확산과 요금인하로 인한 물가안정 유도 캠페인

2013.05~10. 재래시장 및 소규모 슈퍼마켓 살리기 조사 및 캠페인

2013.07~09. 전통시장의 제고를 위한 요인 조사 및 캠페인

2013.09~11. 불량식품 근절 위탁교육 및 캠페인

2014.05.16. 한국부인회 서울시 지부 전통시장 활성화 및 부정유통 근절 캠페인

2014.05.22. 다단계 및 방문판매 피해예방교육 및 캠페인

2014.08.25. 가금산물(닭·오리·계란) 합리적 소비촉진 교육 및 캠페인

2015.05. 홈플러스 개인정보 유출 소송 캠페인

2015.07.17. 법률소비자연맹 국정감사 NGO모니터단 출범식

2015.07.20. 한우등급제 바로알기 캠페인

2015.11.02. 농림축산식품부 저등급 숙성 쇠고기를 이용한 요리대회

2015.11.03. 전국소비자운동가대회

2015.11.16. 안전한 먹을거리로 만든 바른 밥상 전국 릴레이 교육

2015.11.02. 저등급 숙성 쇠고기를 이용한 요리대회

2015.11.16. 안전한 먹을거리로 만든 바른 밥상 전국 릴레이 교육

2015.12.10~11. 소비자단체협력사업 워크숍

2016.03.15. 2016년 세계 소비자의 날 -'메뉴에서 항생제를 추방하자' 캠페인-좌담회 및 전시회

2016.07.26. 안전먹거리 교육 및 캠페인

2016.07.26. 안전먹거리 교육 및 캠페인

2016.08.22. 안전 먹거리(주부리포터)&한우등급제 교육·캠페인

※ 정책참여

1973.09. 소비자보호 자문위원회 구성(14명)

1974.12. 소비자단체 신고(서울시)

1974.03.12. 일본 소비자보호운동현황에 대한 간담회

1975.01.09~28. 소비자보호기본법 여론조사

1975.02.22. 소비자보호기본법 제정을 위한 공청회

1978.06.25. 소비자보호기본법(정부 시안)에 대한 의견서 제출

1981.08.21. 공정거래법 시행을 앞둔 문제점 개선을 위한 간담회

1985.01.21. 공정거래법 실시 성과에 대한 간담회

1986.07.21. 한국소비자보호원 설립안에 대한 간담회. 소비자보호

원 설립 법률안 및 건의서 제출

1986.07.29. 소비자보호원 설립안에 대한 의견서 제출

1986.12.26. 소비자운동의 방향에 대한 간담회(정책적인 측면에서 본

소비자운동)

1989.07.07. 소비자보호법 및 정책에 관한 한일 간담회(한국과 일본

의 소비자보호법)

2012.10.24. 차기정부 정책제안

2012.10.29. 농식품 안전을 위한 토론회

2012.11.07. 차기정부에 대한 정책 세미나

2016.03.17. 농림수산식품교육문화정보원 2016년 소비자단체 정

책포럼

2016.03.23. 식품의약품안전처 2016년 2차 건강기능식품심의위원

제도분과 자문회의(조태임 회장)

2016.05.25. 국토해양부 NGO 정책자문회의(조태임 회장)

2016.06.22. 식품의약품안전처 제2차 어린이식생활안전관리위원

회 개최

2016.07.29. 소비자단체장-관세청 업무협약 체결, 간담회 개최 및

인천세관 현장 탐방(조태임 회장)

2016.11.28. 주택용 누진제 전기요금 개편(안) 공청회(조태임 회장)

2016.12.08. 2016년 4분기 금융감독자문위원회 소비자보호 분과

회의 개최(조태임 회장)

※ 국제활동

1974.03.23. 국제소비자연맹(IOCU) 제8차 세계대회(호주, 시드니) 참여

1974.08. 국제소비자연맹(IOCU) 준회원 가입

1975.03.20. 국제소비자연맹(IOCU) 총회 참석(호주)

1975.11.12. 한·일 공동 소비자보호 세미나

1976.06.16~19. 국제 소비자보호 세미나(개발도상국과 동남아지역의 소
비자 보호) 대표 참가

1977.01.08. 국제소비자연맹 아시아태평양지역 세미나 참석 발표

1978.05.11~14. IOCU(국제소비자연맹) 제9차 세계대회 참가

1979.06.07~08. 국제소비자연맹 안와 파잘 총재 초청 "소비자, 기
업 합동 심포지엄"(주제: 기업경영과 소비자보호)

1974.03.23. IOCU 국제소비자연맹 제8차 세계대회(호주, 시드니시) 참여

1979.11.13. 제2회 한·일공동 소비자 보호세미나(고유가시대의 소비자
운동)

1980.01.06~10. 국제소비자연맹 아시아태평양지역 세미나 참가(식
품안전과 책임)

1981.03.28. 시드니 워런스키 교수 초청 강연 -소비자의 손해배상

청구권에 대한 법적인 효과-

1981.06.22~26. 세계소비자연맹(IOCU) 제10차 세계대회(네덜란드 헤이그시) 참가

1981.10.31. 영국 왕실소비자위원회 의장 Mrs. Alma Williams 초청 특별강연회 -소비자 교육의 세계적인 추세와 여성의 기여-

1981.12.02. 제4회 한일 공동소비자보호 세미나

1982.07.09. 소비자 간담회 -미국 몽고베리카운티 주최-

1983.01.13~14. 한일 공동주최 소비자보호 세미나

1985.10.30. 정보화 사회의 광고의 역할과 소비자보호 세미나(국제소비자연맹(IOCU) 로다 카파킨 회장 초청 특별세미나 -다국적 기업으로부터 소비자 보호대책-)

1991.04.03. 줄리아 아마고 초청강연회(다국적 기업이 우리 경제에 미치는 영향)

1991.07.06. IOCU 총회 참석(13차)

1996.11.26~12.9. 한국부인회 초청 랄프 네이더 '21세기의 컨슈머리즘' 특강(한국소비자축제 '96)

2014.01.06. 한국부인회 국제소비자문제연구소(IRICI) 개소

2016.09.01~09.03. 제1기 소비자아카데미 중국 엔타이시 2박 3일 졸업여행, 엔타이시 인민대외우호협회와 한국부인회 MOU 체결

2016.09. 엔타이시 인민대외우호협회와 MOU 체결

1976.06.16~19.
국제 소비자보호 세미나(개발도상국과 동남아지역의 소비자보호) 대표 참가

1978.05.11~14. 국제소비자연맹(IOCU) 제9차 세계대회 참가

1979.06.07.~08. 국제소비자연맹 안와 파잘 총재 초청
"소비자, 기업 합동심포지엄" 주제 : 기업경영과 소비자보호

1981.06.22~26. 세계소비자연맹(IOCU) 제10차 세계대회 네덜란드 헤이그시

1981.10.31. 영국 왕실소비자위원회 의장 Mrs. Alma Williams 초청 특별강연회
-소비자 교육의 세계적인 추세와 여성의 기여-

1981.03.28.
시드니 워런스키
교수 초청 강연
-소비자의
손해배상청구권에
대한 법적인 효과-

1981~1990년 발행   1982년 발행
건전가정 10년 사업   소비자문제 논고집

1982.07.09. 소비자 간담회
-미국 몽고베리카운티 주최-

1983.01.13~14.
한일 공동주최 소비자보호 세미나

1985.10.30. 정보화사회의 광고의 역할과 소비자보호 세미나
-국제소비자연맹(IOCU) 로다 카파킨 회장 초청 특별세미나-
:다국적 기업으로부터 소비자 보호대책

2007.04.24.
농수산물명예감시원 교육

2008.04.28. 국립농산물품질관리원
수입소고기 원산지점검 발대식 및 캠페인

2010.04~10. 공정거래위원회 후원
홈쇼핑 구매 패턴의식조사 및
알뜰시장 자원 절약 캠페인

2010.08~09.
기획재정부 후원 추석물가조사

2011.04.20. 디지털 TV 전환 교육　　　　2012.09.18.
　　　　　　　　　　　　　　　　　　DUR(의약품 안심서비스) 교육

　2012.10.26.　　　　　　　　　　　2012.11.08.
유기가공인증 활성화 소비자현장체험　유기가공인증 활성화 소비자교육

　　　　2013.05.06.　　　　　　　　　　2013.06.21.
우리 한우 바로알기 교육-전국한우협회　국민건강보험공단 소비자교육

3. 여성

1965.08.02. 여성직장보도부 설치(양재강습반 80명 정원)

1966.02. 식생활개선 강연회

1967.04.08. 주부학교 개설(제1회)

1968.05.08. 훌륭한 어머니상 시상(9명)

1968.05.13~14. 주부학교(제3회)

1968.11.17. 보건위생과 미용법 강습

1971.05.12. 제1회 육아 수기 시상식

1971.08.06. 식생활 개선 전국 주부 궐기 대회

1971.09.28. 식생활 개선 무료강습회(추석 분식 차림)

1971.10.15~17. 대통령부인배 쟁탈 전국 어머니 배구대회(우승)

1971.10.22. 어머니 배구대회 우승 자축회

1971.11.09. 육아건강 및 영양관리(성낙응 박사)

1972.01.26. 식생활 개선 현미 시식회

1972.04. 제2회 식생활개선을 위한 우량식품 전시회

1972.05.08. 훌륭한 어머니상 시상(9명)

1972.05.08. 제2회 육아수기 당선자 시상식(육아수기 3,000부 발간 배부)

1972.07.05. 여성단체 합동 새마을 촉진대회

(박금순 부회장 대통령상 수상)

1972.07.28~29. 제4기 주부학교

1972.09.12~14. 제5기 주부학교

1972.09.12. 제1회 전국 어머니 예능선발대회(MBC 주최, 본 회 후원)

1972.10.17~19. 제6기 주부학교

1973.02.06~08. 제8기 주부학교(합성세제, 모제품 취급법, 여성건강을 위한 미용체조)

1973.03.09~10. 제9기 주부학교(합리적인 부엌개량, 가정부업)

1973.04.25. 식생활 개선 전국주부경진대회(각 도에서 12개 팀 참가)

1973.05.08. 훌륭한 어머니상 시상(10명)

1973.07.26. 새마을 전국 주부 예능대회

1973.10.04~05. 제10기 주부학교

1973.11.12~13. 제11기 주부학교

1974.02.13. 제12기 주부학교(물가 및 건강관리)

1974.04.03. 제13기 주부학교 개강(식생활 개선)

1974.05.08. 제10회 훌륭한 어머니상 시상(10명)

1974.06.25. 제14기 주부학교(북한여성의 체질과 식이요법)

1974.10.16~17. 제15기 주부학교

1974.11.13. 제16기 주부학교(김장, 증권)

1975.01.27. 여기자 초청 간담회

1975.05.08. 훌륭한 어머니상 시상식(10명)

1975.06.10. 제19기 주부학교(지압, 전기상식)

1975.04.18. 제18기 주부학교

1975.05.08. 훌륭한 어머니상 시상식(10명)

1975.06.10. 제19기 주부학교(지압, 전기상식)

1975.07.28. 여대생과의 간담회(오늘의 여대생은 무엇을 생각하는가?)

1975.11.05. 근로여성 사회적 지위 공청회

1975.11.17. 생활부업교실 교육

1975.12.02.~20. 한국여성의 의식관과 태도에 관한 여론 조사

1976.05.08. 훌륭한 어머니상 시상(11명)

1976.08.02~11. 생활부업교실 시·도대표 교육

1976.09.21. 제20기 주부학교 개강

1977.05.09. 훌륭한 어머니상 시상(표창)

1978.05.05. 훌륭한 어머니상 시상(11명)

1980.03.04. 제18차 전국대회 및 제6차 임기총회(박금순 회장, 황소향,

송용순, 오상복, 유남옥 등은 부회장 피선)

1980.03.26. 전국 시, 도지부장 연수회(바람직한 가정)

1980.04.26. 한국 전통의상 전시회(한미부인회와 공동주최)

1980.05.08. 16회 훌륭한 어머니상 시상식(9명)

1980.06.05~07.03. 한국여성의 사회적 지위에 대한 의식조사

1980.07.14~30. 세계여성대회 참가

1980.11.14. 여성의 사회적 지위와 의식구조 변천에 관한 세미나

1981.03.16. 제3회 주부경제교실

1981.03.19. 제4회 주부경제교실

1981.05.08. 제17회 훌륭한 어머니상 시상(9명)

1981.05.19~20. 시·도지부 연수회(위해상품 평가회: 전기보온밥통, 도시락,

물통)

1981.11.19. 미국 레이건 대통령 수출자문회의 부의장 Anna

Chennault 여사 초청 특별강연회-미국에서 변화하고 있는 여성의 경제적 역할

1982.04.26. 3대를 이끄는 주부의 고민 심포지엄

1982.05.21~22. 시·도지부장 연수회(호주제도 폐지가 현대가정에 미치는 영향)

1983.05.06. 훌륭한 어머니상 시상식(수상자 10명)

1983.05.24. 시·도지부장 연수회(고부관계, 윤락여성 선도)

1983.10.20~21. 전국 시·도지부장 연수회 및 세미나 -가족계획과 부부관계-

1984.05.22~23. 시·도지부장 연수회: 농촌부부와 도시부부 차이, 성병에 산모에 미치는 영향

1985.02.15. 특별강연회(미국 어머니의 역할)(연사: Mrs.Nancy Thurmend)

1985.11.20. 윤락여성 선도 및 대책세미나

1985.12.02. 자녀지도에 대한 특강

1985.12.13. 세계 여성의 해 10년 기념

-한국여성의 의식구조 조사 세미나-

1981.11.19. 미국 레이건 대통령 수출자문회의
부의장 Anna Chennault 여사 초청 특별강연회
-미국에서 변화하고 있는 여성의 경제적 역할-

1985.12.13. 세계여성의 해 10년 기념
-한국 여성의 의식구조 조사 세미나-

1986.05.07. 제22회 훌륭한 어머니상 시상(9명)

1986.08.09. 뉴욕대 사회교육대학원 해외연수부장 Hellen Keily 여
사 초청 강연회 -미국의 여성정치 활동-

1987.06.24~25. 미국 대법원 산드라 데이 오코너 대법관 강연
-여성 지위 향상-

1986년 발행
한국여성운동역사

1986.09.04. 제3기 자녀지도교실 개강

1986년. 발행 한국여성운동역사

1987.05.08. 훌륭한 어머니상 시상(10명)

1987.05.12. 제1기 여성경제과학교실 개강(성인병 예방)

1987.06.04. 여성 경제과학 제1기 수료식

1987.06.24~25. 미국 대법원 산드라 데이 오코너 대법관 강연
-여성 지위 향상-

1987.06.24~25. 미국 대법원 산드라 데이 오코너 대법관 첫 강연

-여성 지위 향상-

1987.07.21~23. 모녀 여름학교 운영

1987.08.24. 미국 대법원 판사 산드라 데이 오코너 여사 초청강연

회(1987.8.25. 동아일보 기사 참조)

1987.09.01. 제4기 여성경제교실

1987.10.13. 제5기 여성경제교실

1987.10.21~22. 시·도지부장 연수회(윤락여성 선도방안 및 대책)

1987.10.21~22. 시 · 도지부장 연수회
윤락여성 선도방안 및 대책

1987.10.13. 제5기 여성경제교실

1987.11.05. 제5기 경제과학교실

1987.11.10. 제6기 경제과학교실

1987.12.10. 송년강연회(현대사회와 주부의 역할)

1988.03.03. 남녀고용평등법에 대한 간담회
-김현산 교수 외 2명 발표-

1988.03.03. 남녀고용평등법에 대한 간담회

-김현산 교수 외 2명 발표-

1988.04.11. 제7기 여성경제교실 개강

1989.05.30. 전국 시·도지부장 연수회(남녀고용평등법 정착화)

1989.06.21~30. 소비자교육-남녀고용평등법 정착화 방안 토론회

1990.02.14. 제1회 여성발전 심포지엄(남북한 여성교류와 전망)

남북한 여성운동, 대북한 정책, 북한여성 생활실태

1990.03.08. 지방자치제 여성 비례제 건의

1990.04.25. 남북한 여성단체교류 추진위원회 발족

1990.05.10. 제26회 훌륭한 어머니상 시상(12명)

1990.10.19~20. 전국 시·도지부장 연수회(여성사원 채용 관련 차별대우

1989.06.21~30. 소비자교육-남녀고용평등법 정착화 방안 토론회

1991.04.11. 21세기 남녀평등실현 가능한가?(권이종 교수 외 4명)

1991.05.07. 제27회 훌륭한 어머니상 시상식(10명)

1991.11.14. 남녀고용평등법 실현을 위한 토론회(제조업에 근무하는

근로자의 문제점 및 대책)

1991.04.11. 21세기 남녀평등 실현 가능한가?(권이종 교수 외 4명)

1991.05.07.
제27회 훌륭한 어머니상 시상식
(10명)

1992.05.07. 제28회 훌륭한 어머니상 시상식(10명)

1992.12.07. 미혼모 실태조사 세미나

1993.02.16. 제3회 여성발전 심포지엄(문민정부의 여성정책 실현)

1993.05.07. 제29회 훌륭한 어머니상 시상 및 청와대 영부인 접견

1993.05.24. 가정주부와 레저스포츠 설문조사 발표 및 특강

2006.04.24. 서울시 여성발전기금사업 교육 21세기 새로운 가정문화의 재조명

2007.04.12. 서울시 여성발전기금 사업 - 새로운 전통의 성숙한 가정문화 가꾸기

2008.05.01. 여성부 주관 "우리 아이 지키기 캠페인"

2008.07.17. 서울시 제13회 여성주간 사업공모 선정(안전한 먹거리 우리 손으로!)

2008.08.27. 한국부인회와 여성부장관 간담회

2009.03.02. 여성부 사업공모 선정(에너지절약은 모두 함께!)

2009.05.13. 서울시 여성인력개발센터 주관 여성취업 창업 박람회

2009.05.14. 제2회 메트로폴리스 여성 네트워크포럼 조직위원 위촉

2009.06.12. 여성부 사업 "에너지절약 모두 함께" 교육·캠페인 실시 서울시 지부

2009.07.06. 제14회 여성주간 서울특별시 여성상 시상식: 대상 송용순

2009.12.18. 여성부장관 국군장병 위문 방문

2010.02.24. 한국여성인력개발센터 연합 정기총회

2011.04.01. 여성인력개발센터 연합회-여성인력개발센터 임원회

1993.05.07.
제29회 훌륭한 어머니상 시상
및 청와대 영부인 접견

1993.05.24.
가정주부와 레저스포츠 설문 조사 발표
및 특강

2006.04.24.
서울시 여성발전기금사업 교육
21세기 새로운 가정문화의 재조명

2007.04.12. 서울시 여성발전기금 사업
새로운 전통의 성숙한 가정문화 가꾸기

2011.10.21. 여개연-여성인력개발센터연합회 정기이사회

2012.02.22. 여성인력개발센터연합회 총회

2012.08.30. 취약계층 결혼이민자 교육(마포다문화지원센터)

2012.11. 서대문여성인력개발센터 운영위원회의

2012.11.26. 제4차 여성정책 기본계획 수립을 위한 공청회

2013.05.22. 훌륭한 어머니상 시상식(7명)

2013.06.10. 위안부 망언 관련 성토대회 및 서명서 발표 기자회견

2013.07.18. 여성가족부 차관(이복실 차관) 총본부회관 방문

2013.11.29. 한국부인회 서울시 지부 종군위안부(나눔의집) 방문

2014.05.02. 서대문여성인력개발센터 고용노동부 우수훈련기관

선정(고용노동부)

2014.10.08. 창립 51주년 기념식 및 훌륭한 어머니상 시상식(7명)

2014.10.08. 4대악 척결 여성지도자 대회(서울여성플라자 국제회의장)

2016.03.08. 세계 여성의 날 기념행사(조태임 회장)

2016.04.04. (사)여성인력개발센터연합 2016년 제2회 임원회(조태임 회장)

2016.04.28. 이주여성연합회 회장 총본부 방문(조태임 회장)

2016.05.03. 여성가족부 여성단체장 장관 간담 오찬회(조태임 회장)

2016.06.20. 여성가족부 여성부장관 간담회(조태임 회장)

2016.07.01. 여성인력개발센터연합 제3회 임원회(조태임 회장)

4. 환경

1978.11.10. 자연보호 캠페인(시 · 도 지도자)

1979.10.11. 자연보호 캠페인

1979.10.01~30. 쓰레기 수거 여론조사

1979.12.14. 쓰레기 수거 실태조사 보고회

1980.02.04. 환경보전 국제 심포지엄

1980.03.03. 환경공해 추방 및 소비절약 실천 결의대회(결의문, 건의문 채택)

1980.03.22. 용인자연농원 오물 방류에 대한 성명서 발표
검찰청장, 환경처장, 자연농원대표에게 보냄

1980.07.18~20. 자연보호 캠페인

1988.06.03. 환경의 날 캠페인(전단 5,000매 배부, 피켓 30개)

1988.07.28. 88올림픽 환경감시활동 개시

1988.07.30~08.10. 공원 및 유원지 실태조사

1990.04.20. 제2회 지구의 날 기념 세미나(지구환경위기 극복 방안)

1990.04.22. 지구의 날 환경 캠페인

1990.06.12. 환경감시원 발대식, 환경오염 방지 백일장(성신경, 김혜숙, 김춘동 입상)

1990.07.09. 쌀 및 토양의 중금속 오염에 대한 시험 검사 발표

1991.02.01. 대기오염 측정(소비자위원)

1991.06.13. 기업 내 환경관리 실태 간담회

1991.11.27~12.02. '91 여성 환경 사진공모전

1992.04.10. 지구의 날 행사(쓰레기 수거 캠페인)

1992.06.03~08. 자원재활용 전시회

1992.06.15~24. 자원재활용 순회 전시회

1992.07.18. "쓰레기를 줄입시다" 캠페인(KBS와 공동주최)

1992.07.22. 우유팩 휴지교환센터 개설

1992.07.22. 광천 음료수 수질검사 결과에 대한 간담회

1992.09.04. 포장폐기물 줄이기 캠페인

1993.04.21. 특강 "세제와 환경"

1993.06.04~18. 제3회 자원재활용 전시회

2009.01.09. 생활환경운동여성단체연합 간사단체 선임

2009.01.16. 생활환경운동여성단체연합 실무자회의 개최

1993.06.04~18. 제3회 자원재활용 전시회

2009.02.24. 환경부 생활환경운동여성단체연합 사업공모 선정

2009.03.02. 여성부 사업공모 선정(에너지절약 모두 함께!)

2009.05.08. 환경부 "음식물류 폐기물 감량을 위한 교육·홍보·모니
터링 사업"

2009.05.29. (사)생활환경운동여성단체연합 18개 단체 공동대표
및 실무자회의 주관

2009.06.12. 여성부 사업 "에너지절약 모두 함께" 교육·캠페인 실
시 서울시 지부

2009.06.29. (사)생활환경운동여성단체연합 18개 단체 공동대표
및 실무자회의 주관

2009.09.18. (사)생활환경운동여성단체연합 18개 단체 공동대표
및 실무자회의 주관

2009.10.07. (사)생활환경운동여성단체연합 음식업주·소비자단체
공동협약

2009.10.29. (사)생활환경운동여성단체연합 공동대표 및 실무자회
의 주관

2009.11.13. (사)생활환경운동여성단체연합 18개 단체 공동대표
및 실무자회의 주관

2009.11.27. (사)생활환경운동여성단체연합 18개 단체 '09 환경부
대행사업 사업보고회

2010.01. (사)생활환경운동여성단체연합 활동보고회

2010.01.07. (사)생활환경운동여성단체연합 18개 단체 공동대표
및 실무자회의 주관

2010.01.
(사)생활환경운동
여성단체연합
활동보고회

2010.03.04. 환경부 한국행정학회 제16회 국정포럼

2010.05.24. 2010년 여성가족부 "한 가정 탄소 1톤 줄이기" 발대식

2010.09~11. 환경부 후원 고속도로 휴게소 음식물쓰레기 관련 홍
보 및 활동평가

2011.06.21. 여성가족부 자원 절약, 탄소절감 교육 "우리 집부터
아끼고 실천합시다"

2010.05.24.
2010년 여성가족부
"한 가정 탄소 1톤 줄이기" 발대식

2010.09~11.
환경부 후원 고속도로 휴게소 음식물쓰레기 관련 홍보 및 활동평가

2011.06.21. 여성가족부
자원절약, 탄소절감 교육
"우리 집부터 아끼고 실천합시다"

2011.08~09. 알뜰시장 및 자원절약 캠페인

2012.04~12. RFID 기반 음식물 쓰레기 종량제

2013.01.18. 생활연 공동대표 및 실무자회의

2013.05~11. 녹색가정, 녹색지구, 녹색환경(자원절약, 탄소절감) 교육 및 캠페인

2013.06.28. 음식물쓰레기 종량제 교육 금천구, 송파구: RFID 기반 종량제 방식

2015.01~02. 에너지관리공단 절전 캠페인(에너지관리공단)

2015.08.07. 에너지 절약 캠페인(명동성당)

2013.06.28.
음식물쓰레기 종량제 교육
금천구, 송파구:
RFID 기반 종량제 방식

2016.03.30. '사용 후 핵연료에 대한 여성 오피니언 리더 간담회'

국민소통단 1차 실무급 회의(조태임 회장)

2016.04.26. (사)에너지 석유감시단 세미나(조태임 회장)

2016.05.04. 국민소통단 포럼 참석

5. 사회 문제

1964.02.18. 생활개선촉진 강연 및 전시회

1966.12.09. 농아 소년소녀단 연주회

1967.01.07. 초중등학교 입학시험 변경에 대한 간담회

1967.05.04. 관혼상제 개선방안 특강(기세훈 가정법원장)

1967.07.10. 유원지 풍기단속 캠페인

1971.05.18. 쌀값 안정을 위한 간담회

1971.09.08. 물가안정대책 7월말 선으로 환원토록 청원서 제출

1972.01.19. 김영미 양 살해범 찾기 성명서 발표

1972.02.03. 불량만화 추방 성명서 발표

1972.05.26. 공화당 사무총장배 탁구대회 우승

1972.09.29. 이정수 씨 찾아주기 캠페인

1973.03.15~16. 제2차 절미운동 가두 캠페인

1973.05.12. 가정의례법 개정 계몽 전단 배포

1973.05.26. 상도의 앙양 간담회

1973.05.01~31. 식생활개선 여론조사 발표

1973.06.26. 분식 및 식생활 강좌

1973.07.21. 무료 법률상담소 개설 법률 자문위원회 구성(14명)

1973.12.03. 새마을 합창대회

1974.04.01~14. 전국 토산물 경진대회

1974.11.23. 현미시식 및 식량절약 가두캠페인

1974.01.11. 소비절약 가두캠페인(전단 50,000부 배포)

1974.01.29. 대통령 긴급조치 설명회

1974.02.01~25. 절미운동 가두캠페인(전국적으로 50만 부 전단 배부)

1974.02.13. 소비절약 체험수기 당선작 시상

1974.03.07. 경제문제 세미나(종이, 기름의 폭리)

1974.02.20~03.02. 백령도 주민 돕기 홍보사업

1974.08.16~19. 박정희 대통령 부인 육영수 여사 장례 분향소에 무료 차(茶) 봉사

1974.08.10.~15. 가족법 개정에 대한 여론조사

1974.09.10.~15. 가족법 개정 캠페인 유인물 배부

1974.09.13.~16. 수재민 돕기 바자회(인기 연예인 1일 판매원 활동, 국무총리 부인 및 여성 국회의원 구매 격려)

1974.09.27. 간소한 추석 보내기 캠페인

1974.10.05. 수재의연금 전달(전남지역)

1974.11.08. 제3회 민주공화당 사무총장배 탁구대회 참가(15개 팀 참가)

1974.11.13. 제2회 생활아이디어 시상식(3명 입상)

1974.12.07. 쌀 소비절약 간담회

1975.01.23. 기업윤리 촉구 간담회

1975.02.21. 양곡소비절약 전달교육

1975.05.05. 학교주변 부정불량식품 여론조사

1975.08.25. 어린이 보호 캠페인 전개

1975.08.29. 부정식품 추방 웅변대회

1975.09.15. 물가조사 발표

1975.09.16. 추석 간소화 캠페인

1975.11.12. 한·일 공동 소비자보호 세미나

1975.11.20. 물자절약 에너지 공모 및 전시회

1975.12.23~29. 식량소비절약 가두 캠페인

1976.04.16. 생활과학 강좌 개최

1976.08.02~11. 생활부업교실 시도대표 교육

1976.08.03. 바캉스와 자녀교육에 대한 간담회

1976.08.10. 윤락여성 선도에 대한 간담회

1976.08.26. 추석명절 간소화 보내기 캠페인

1976.10.01~30. 교통안전에 대한 여론조사

1976.11.10. 교통안전에 관한 세미나

1977.01. 노인 건강교실 개설

1977.02.03. 할아버지 할머니 건강교실에 대한 여론조사

1977.02.14. 제1회 할아버지 할머니 건강교실

1977.03.16. 제2회 할아버지 할머니 건강교실

1977.06.03. 제3회 할머니 할아버지 건강교실

1977.07.19. 가정부 문제에 대한 간담회(결의문 채택)

1977.09.24~25. 추석 간소화 캠페인

1977.11.28. 한일 청소년 세미나

1977.12.13. 노인생활에서 노화 방지와 건강관리

1977.03.11~12. 사회부조리 추방 캠페인(피켓, 플래카드)

1978.03.27. 할아버지 할머니 건강교실

1978.03.30. 어린이를 위한 완구 품평회

1978.04.20. 계량모니터 요원 교육 실시

1978.04.25. 교통안전 캠페인

1978.07.17. 거리질서 지키기 캠페인

1978.09.12. 소비절약 가두 캠페인

1978.09.14. 불우청소년 위안회

1978.10.18.~11.10. 소외층 청장년 복지대책 조사 발표

1978.11.09. 건전사회 기풍 조성 지도자교육

1978.11.10. 자연보호 캠페인(시 · 도 지도자)

1979.01.23. 구정 맞이 캠페인

1979.02.10. 세계 어린이 보호대회

1979.02.13. 어린이보호대회 및 정기총회(성금 50만 원 윤석중 새싹회 회장에게 전달)

1979.05.28. 어린이용품 현상공모 및 생활과학 성공사례 수기당선작 시상식

1979.09.08~20. 교통안전에 대한 설문조사 및 발표

1979.09.28. 어린이가 본 교통안전 세미나

1979.10.01~05. 추석간소화 캠페인

1979.11.14. 양곡소비절약을 위한 보리혼식 교육

1979.12.10. 양곡 소비절약 전달교육

1980.02.13. 서울시청 이전과 이순신 장군 동상 재건립에 관한 건의

1980.05.22. 물가조사

1980.08.11. 과열 과외 폐지에 대한 성명서 발표

1980.09.18~19. 간소한 추석보내기 및 상거래 질서 캠페인(상도의 앙양, 이동 불만의 창구 운영)

1980.11.17. 식량소비 절약 촉진 결의대회(결의문 채택)

1980.12.15. 식량소비 절약 범국민운동 표어, 글짓기 웅변대회

1981.03.01. 건전가정 정착 사업 자문위원회 구성(학계 및 언론계 14명)

1981.07.03~08.31. 미혼모 실태조사 세미나

1981.08.14. 행락질서 확립 및 자연보호 캠페인

1981.08.14~23. 한국전통무용 발표회(민속무용가 4명 공연 및 인간문화재 12명)

1981.09.09. 상거래질서 확립 캠페인

1981.10.21. 인천직할시 창립총회

1982.04.27. 사회정화를 위한 의식개혁 결의대회 전국총회

1982.05.21. 의식개혁을 위한 대토론회

1982.06.25. 미혼모 실태조사 세미나

1982.11.17~12.30. 시어머니의 고민 설문조사

1982.11.24. 전통차 실기 시음회

1982.01.15. 노인문제 상담실 개설

1983.09.02. 소련의 대한항공 여객기 격추에 대한 성명서 발표

1983.09.07. 대한항공 여객기 피격 희생자 합동 위령제 참석

1983.09.13. 교통질서 및 추석 간소하게 보내기 캠페인

1983.09.13~30. IPU ASTA 대비 거리질서 캠페인

1983.09.26. 미혼모 실태조사 결과에 따른 세미나

1983.09.30. 대중음식점 변칙운영에 대한 간담회

1983.10.11. 국제 테러 규탄대회

1983.12.16. 기업윤리에 대한 간담회

1983.12.27. 심장병 어린이 돕기 바자회

1984.02.07. 가정의례준칙 법률에 대한 간담회

1984.02.21. 〈대화〉에 대한 세미나

1984.04.10. 건전가정 심포지엄 "실증적 조사를 통해 본 부부문제"

1984.05.19. 청소년 선도 캠페인(서울시 9개 구)

1984.06.03~07. 한국 전통 궁중의상 및 전통 민속의상 발표회

1984.07.08. 생활과학강좌: 외채와 방송의 소비성

1984.08.01. 가족법 개정 서명운동

1984.09.18. 가족법 개정 성명서 건의서 제출(국회상임위)

1984.10.23. 미혼모 실태와 미연 방지 세미나

1985.02.15. 생활과학강좌: 식품을 이용한 건강 관리

1985.02.24. 건전가정정착 심포지엄(자녀문제와 대책)

1985.02.25. 제23회 전국대회(식품 독극물 유입사건에 대한 건의문)

1985.05.07. 제21회 훌륭한 어머니상 시상(8명)

1985.05.31. 화장품에 대한 간담회 -국산화장품 애용의 길-

1985.06.28. 교육을 통한 평등 실현 강연회

1985.06.28. 비행청소년 문제 세미나

1985.10.03.~10.07. 외래어조사(60회사 600개 품종)

1986.09.12. 국산품 애용, 추석절 간소화, 근검절약 캠페인 실시

1986.10.07~11. 가족 여가선용 설문조사

1987.01.11.~30. 독서실 유해 환경 조사

1987.03.10. 건전가정 정착 심포지엄(가족 레크레이션)

1987.04.16. 시·도지부장 연수회(청소년문제와 자녀교육)

1987.04.16. 비행청소년 지도

1987.07.30. 수재민 돕기 캠페인

6개 지역 의연금 - 서울역, 청량리역, 고속터미널, 영등포역, 명동, 현대백화점

1987.04.16. 비행청소년 지도

1987.08.03.~08.08. 수재물자정리 자원봉사

1988.03.18. 건전가정 심포지엄(가족의 건강식단)

1988.04.13. 올림픽을 앞둔 식품안전 캠페인(5,000매 전단)

1988.07.15. 청결·질서 캠페인(전단 15,000매, 피켓 60개)

1988.08.21. 올림픽 친절 봉사 캠페인

1988.11.07. 간소한 혼례 혼수 세미나

1989.06.29. 폭력 및 성폭력 배격 결의대회 및 시가행진(피켓 100개,

플래카드 15매)

1989.09.07. MBC 주최 장기대회 봉사

1989.10.17~18. 추계 시·도 지부장 연수회: 성폭행 및 민생치안

1989.10.17.~18.　　　　　1989.11.24.
추계 시·도 지부장 연수회　　윤락여성 실태와 대책 세미나
성폭행 및 민생치안　　　성민선 교수(성심여대) 외 4명

　1989.11.24. 윤락여성 실태와 대책 세미나: 성민선 교수(성심여대)
외 4명

1989.11.29. 양서 읽기 캠페인(전단 6,000매 배부)

1989.12.15. 한국산 배 통관거부에 대한 성명서 제출

1990.04.20. 제2회 지구의 날 기념 세미나 -지구환경 위기 극복 방안-

1990.04.22. 지구의 날 환경 캠페인

1990.05.17. 과외학습 개선방안 공개토론회(1,000명 여론조사)

1990.05.17. 한일 관계에 대한 성명서

1990.10.19~20. 전국 시·도지부장 연수회(여성사원 채용에서 차별대우

개선방안)

1990.11.02. 탁아입법에 대한 대토론회

1990.11.02. 탁아입법에 대한 대토론회
최일섭 교수, 박영숙 의원, 신영순 의원

1990.11.12 탁아입법에 대한 결의문

1990.12.04. 과소비추방 캠페인(강남, 용산, 송파, 동작, 서대문, 마포지부

참여)

1990.12.14. 탁아입법에 대한 성명서 발표

1990.12.20. 과소비 억제 캠페인

1991.01.21. 지방의회 선거 실시에 따른 부정선거 감시단 발대식

1991.01.21.
지방의회 선거실시에
따른 부정선거
감시단 발대식

1991.04.26. 건전 소비생활 캠페인(피켓 30개)

1991.09.17~18. 농산물 직판장 운영

1991.09.17.~18. 농산물 직판장 운영

1991.09.19. 건전한 명절 보내기 캠페인

1991.11.05~06. 전국 시·도지부장 연수회(건전한 혼례 혼수 실천 방안)

1991.11.14. 남녀고용평등법 실현을 위한 토론회

-제조업에 근무하는 근로자의 문제점 및 대책-

1991.11.15. 식생활 식단 줄이기 세미나

1991.12.04. 각종 영수증 주고받기 및 불우이웃돕기 캠페인

1992.01.15. 일본 미야자와 총리에게 서신(정신대 보상, 왜곡 수록된 한

국역사 바로잡기)

1992.01.23. 공명선거협의회 발족 박금순 회장 공동의장

1992.01.23. 공명선거협의회 발족: 박금순 회장 공동의장

1992.01.31. 공명선거 캠페인

1992.02.18. 성명서 발표(뉴키즈 내한공연 불상사: 빗나간 청소년 정신문화)

간담회

1992.10.07~09. 우리농산물 직판장 개설

1992.11.21. 공명선거 캠페인

1993.02.16. 작은 친절, 작은 봉사 실천 결의대회

1993.02.16. 작은 친절, 작은 봉사 실천 결의대회

1997.11.27. 가정 바로세우기 실천교육

2006.05.05. 장애인과 함께하는 2006 희망마라톤대회

2006.05.05. 장애인과 함께하는 2006 희망마라톤대회

2008.11.03. 생명보험사회공헌재단 사업공모 선정(저출산 문제와 인

식개선)

2009.06.12. 생명보험사회공헌재단 사업 "저출산 인식 개선" 교육

서울시 지부

2012.09.17. 재래시장 활성화를 위한 캠페인

2012.12.15. "행복나눔 사랑나눔 희망장터" - 다문화 저소득층 후

원 바자회

2012.09.17.
재래시장 활성화를
위한 캠페인

2012.12.15. "행복나눔 사랑나눔 희망장터" - 다문화 저소득층 후원 바자회

2013.04.17. 4대악척결범국민운동본부 발대식-프레스센터

2013.05.08. 4대악척결범국민운동본부 업무협약식 및 행복사업 간담회

2013.06.27. 4대악척결범국민운동본부와 (사)한국유치원총연합회 업무협약식

2013.07~09. 전통시장의 제고를 위한 요인 조사 실시 및 캠페인

2013.04.17 4대악척결범국민운동본부 발대식-프레스센터

2013.05.08.
4대악척결범국민운동본부 업무협약식 및
행복사업 간담회

2013.06.27.
4대악척결범국민운동본부와 (사)한국유치
원총연합회 업무협약식

2013.11.29. 한국부인회 서울시지부 종군위안부(나눔의집) 방문

2014.01.07. 축산물(소, 돼지고기) 비선호부위 소비촉진 요리대회 개최

2014.01.07. 축산물(소, 돼지고기) 비선호부위 소비촉진 요리대회 개최

2014.04.08. 4대악척결범국민운동본부 임원연찬회 및 고문추대식
(김무성 의원)

2014.05.07. 4대악척결범국민운동본부 사회악치유센터 설립(부산, 태백, 당진)

2014.08~11. 건전혼례확산을 위한 인식개선 교육, 홍보 캠페인 및 수기 공모전

2014.10.02~22. 취약계층 소비자 경제교육 실시(주부, 새터민)

2014.10.08. 4대악척결 여성지도자대회(서울여성플라자 국제회의장)

2014.04.08. 4대악척결범국민운동본부 임원연찬회 및 고문추대식(김무성 의원)

2014.05.07. 4대악척결범국민운동본부 사회악치유센터 설립 (부산, 태백, 당진)

2014.10.30. 국민건강보험공단 "살과의 전쟁" 포럼 조태임 회장 〈청소년, 아동 비만〉 연구발표

2014.10.15. 산케이 신문 규탄 성명서 발표 및 기자회견(주한 일본대사관 앞)

2014.11.17. 대한민국 경찰위원회 경찰위원 임명(조태임 회장)

2014.11.27. 건전혼례 확산을 위한 수기공모전 시상식 개최

2014.12.08. 〈혼례문화개선범국민운동본부〉 한국부인회가 상임대표로 출범(국회 헌정기념관)

2015.01.09. 4대악척결범국민운동본부와 경찰청과 MOU

2015.04.16. 청소년 폭력예방재단과의 업무협약식(서울시립청소년 미디어센터)

2015.06.17. 청예단 총본부 방문

2015.07.07. 행정자치부 장관과 17개 시·도 지부장과의 오찬 간담회

2015.09.11. 한국케이블방송협회 오찬 간담회

2015.10.23. 청년실업펀드 기금 마련 기자회견

2016.02.03. 전통시장 살리기 특별간담회 및 기자회견

2016.02.23. 4대악척결범국민운동본부와 신한은행 MOU

2016.02.03. 전통시장 살리기 특별 간담회 및 기자회견

2016.05.09. 옥시 불매운동 참가(세종문화회관 앞)

2016.05.16. 옥시 불매운동 시위 참가(옥시 본사)

2016.05.16. 옥시 불매운동 시위 참가

2016.05.27. 한국 국가정보학회 5월 포럼(조태임 회장)

2016.06.13. 옥시 불매운동 시위(롯데마트 서울역점)

2016.06.16. 국민건강보험공단 소비자단체 공동 금연캠페인

2016.07.06. ‘폭력 없는 세상 만들기’ 범국민 결의대회

2016.07.06.
‘폭력 없는 세상 만들기’
범국민 결의대회

2016.07.19. 옥시 불매운동 시위(옥시 본사)

2016.09.08. 비만대책위원회(조태임 회장)

2016.11.25. 패스트 패션 토론회

2016.11.25. 패스트 패션 토론회

6. 국제교류

1965.12.01. 범태평양 아시아부인연맹 회장단 예방

1966.05.07. 재일본대한민국부인회 회장단 56명 모국방문(임영신 회장 특강)

1976.11.26~27. 중국부녀연합회와 자매결연식

1976.11.29. 한중 부녀 반공세미나(한국대표 40명 참석)

1977.11.28. 한일 청소년 세미나

1980.07.14~30. 세계여성대회 참가

1981.11.19. 미국 레이건 대통령 수출자문회의 부의장 Anna Chennault 여사 초청 특별강연회 -미국에서 변화하고 있는 여성의 경제적 역할-

1984.03.11. 한국 궁중의상, 민족의상 전시회(뉴욕부인회와 한국부인회 주최)

1985.05.21. 일본 후쿠오카 가와현 부인회 회원과 간담회(재일동포

지문 날인의 건)

1986.09.10. LA노인회와 자매결연식

2014.10.22. 2014 한중업무협약 연찬회(중국 칭다오)

1976.11.26.~27. 중국부녀연합회와 자매결연식

1986.09.10. LA노인회와 자매결연식

7. 한국부인회의 성장

1964.04.02. 법인인가(보건사회부 78호)

1964.04.02. 법인 설립등기필(서울 민사지방법원 474호)

1968.05.09. 전국 시·도 지부 및 서울 구 지부장 연석회의

1970.01.20~25. 1차 도 지부 시·군·구 지회 지도자훈련

1970.06.15~20. 제2차 도 지부, 시·군·구 지회 지도자훈련

1970.09.14~19. 제3차 도 지부, 시·군·구 지회 지도자훈련

1970.10.19~24. 제4차 도 지부, 시·군·구 지회 지도자훈련

1971.08.06. 제5차 전국대회 및 제3회 임기총회

1974.04.24. 제6차 정기총회 및 제4차 임기총회(2대 회장 박금순, 부회

장 김인순, 오상복, 한길)

1974.10.22.~24. 본부 및 시·도 지부 지도자 연수회

1975.02.21. 전국대회

1975.09.02. 지도자 연수회(전국 시 · 도 지부)

1976.03.10. 76년 정기총회, 양곡소비절약 전달교육

1976.08.02~11. 생활부업교실 시·도 대표 교육

1977.04.08. 고 임영신 박사 1주기 추모식

1977.04.09. 정기총회 및 제5차 임기총회

1977.07.14~16. 전국 시·도지부장 연수회(여성 지도자와 인간교육)

1978.05.11. 총력안보 전국대표 다짐대회

1978.05.12. 78년도 연차대회

1980.03.04. 제18차 전국대회 및 제6차 임기총회

(박금순 회장, 황소향, 송용순, 오상복, 유남옥 등은 부회장 피선)

1980.03.26. 전국 시·도 지부장 연수회(바람직한 가정)

1981.04.18. 81년도 정기총회

1981.05.19~20. 시·도 지부 연수회(위해상품 평가회: 전기보온밥통, 도시락,

물통)

1981.10.21. 인천직할시 창립총회

1982.05.18. 대구직할시 창립총회(초대 회장 김난자 피선)

1982.05.21~22. 시·도지부장 연수회(호주제도 폐지가 현대가정에 미치는 영향)

1983.05.06. 훌륭한 어머니상 시상식(수상자 10명)

1983.05.24. 시·도 지부장 연수회(고부관계, 윤락여성 선도)

1983.10.20~21. 전국 시·도 지부장 연수회 및 세미나

-가족계획과 부부관계-

1984.05.22.~23. 시·도 지부장 연수회: 농촌부부와 도시부부 차이, 성병에 산모에 미치는 영향

1985.04.17.~18. 시·도 지부장 연수회 -미혼모 실태와 예방책-

1985.05.13. 시·군 지회장 이·취임식 및 정기총회

1985.01.15. 자문위원 회의(사업심의)

1985.02.25. 제23회 전국대회(식품 독극물 유입사건에 대한 건의문 채택)

1985.04.17~18. 시·도지부장 연수회 -미혼모 실태와 예방책-

1985.05.13. 시·군 지회장 이·취임식 및 정기총회

1986.03.19. 전국 시·도 지부장 연수회(가정의 금전관리: 실질적인 가계절약사례)

1986.10.01~08. 전국 시·도 지부장 연수회(10년 젊어지는 식단)

1986.11.17. 광주직할시 지부 회관 현판식

1986.11.21. 시·도지부장 실무자 사무교육

1986.12.11. 서울 17개 구·지부 임원 특별교육(기업인이 본 소비자: 유기정 중소기업회장)

1987.03.11. 제24차 정기총회

1992.04.17. 박금순 명예회장 겸 이사장으로 추대

1992.09.14. 후원회 결성 및 1차 모임

1992.11.26~27. 시·도 지부장 연수회(세제와 소비자, 21세기의 여성)

1993.02.17. 제30차 정기총회

2003.07. 전국 대의원 임시총회 개최

2003.07.8~07.29. 남인숙 회장 직무대행

2003.07.30.~2006.03. 제6대 임명순 회장 선출

2004.03.31. 전국대의원 정기총회 개최

2004.03.31. 전국대의원 정기총회 개최

2005.10.27. 전국대의원 정기총회 개최

2006.03.08. 전국 대의원 정기(임기)총회 개최 제7대 김경인, 남인
숙 공동대표 선출

2005.10.27 전국대의원 정기총회 개최

2006.03.08. 전국 대의원 정기(임기)총회 개최
제7대 김경인, 남인숙 공동대표 선출

2006.06.28. 한국부인회총본부 현판식

2006.11.16~17. 한국부인회총본부 이사 및 전국 시·도 지부장 결속대회

2007.03.16. 전국 대의원 정기총회 개최

2007.06.20~21. 한국부인회총본부 이사 및 전국 시·도 지부장 화합 한마당

2007.10.27~28. 한국부인회 화합한마당 체육대회

2007.11.19~22. 한국부인회총본부와 함께 하는 최복호 패션바자회

2008.03.19. 전국 대의원 정기총회 개최

2008.05~11. 한국부인회 활성화를 위한 전국 시·도 지부 순회 간담회

2006.06.01~02. 한국부인회 이사 및 전국 시·도지부장 간담회

2006.06.28. 한국부인회총본부 현판식

2006.11.16~17. 한국부인회총본부 이사 및 전국 시·도 지부장 결속대회

2007.03.16. 전국 대의원 정기총회 개최

2007.06.20~21.
한국부인회총본부 이사 및
전국 시·도 지부장
화합한마당

2007.10.27~28. 한국부인회 화합한마당 체육대회

2007.11.19~22. 한국부인회총본부와 함께 하는 최복호 패션바자회

2008.03.19. 전국 대의원 정기총회 개최

2008.05~11. 한국부인회 활성화를 위한 전국 시·도지부 순회 간담회

2008.05~11. 한국부인회 활성화를 위한 전국 시·도지부 순회 간담회

2008.11.28. 제2회 전국 시·도지부 화합 한마당 개최

2009.01.09. 생활환경운동여성단체연합 간사단체 선임

2009.01.12. 제11호 소식지 발간

2009.01.16. 생활환경운동여성단체연합 실무자회의 개최

2009.03. 전국 대의원 정기(임기)총회 개최

2009.03~2012.03. 제8대 김경인 회장 선출

2009.03. 전국 대의원 정기(임기)총회 개최 2009.03~2012.03. 제8대 김경인 회장 선출

2009.03.26. 2009년 전국 대의원 정기총회

2009.04.19. 한국부인회 총본부 이사 및 전국 시·도 지부장 화합 한마당 축제 개최

2009.04.19.
한국부인회 총본부 이사 및 전국 시·도 지부장 화합 한마당 축제 개최

2010.01.20. 한국부인회 신년 인사회

2010.03. 전국 대의원 정기총회 개최

2010.01.20.   2010.03.
한국부인회 신년 인사회   전국 대의원 정기총회 개최

2010.02.04. 한국부인회 대구광역시지부 지부장 이·취임식

2010.10.21~23. 한국부인회 이사 및 전국 시·도지부 임원연수회

2010.10.21~23 한국부인회 이사 및 전국 시·도지부 임원연수회

2011.03.18. 전국 대의원 정기총회

2011.06.01.~02. 한국부인회총본부 이사 및 전국 시·도지부 간담회

2012.01.11 한국부인회 신년인사회

2011.06.01~02. 한국부인회총본부 이사 및 전국 시·도지부 간담회

2012.01.11. 한국부인회 신년인사회

2012.03.23 한국부인회 전국대의원 정기(임기)총회 제9대 조태임 회장 선출

2012.10.02. 공익법인 및 지정 기부금단체 등록(기획재정부)

2013.01.17. 신년인사회 개최

2013.03.21. 한국부인회 전국 대의원 정기총회

2012.03.23. 한국부인회 전국대의원 정기(임기)총회
제9대 조태임 회장 선출

2013.01.17. 신년인사회 개최

2013.05.22. 훌륭한 어머니상 시상식(7명)

2013.05.27. 조태임 회장, 중앙대학교 기자와 인터뷰

2013.03.21. 한국부인회 전국 대의원 정기총회

2013.05.22.
훌륭한 어머니상 시상식(7명)

2013.05.27.
조태임 회장, 중앙대학교 기자와 인터뷰

2013.10.08. 한국부인회 "창립 50주년" 기념식(중앙대 아트센터)

2013.10.08. 한국부인회 "창립 50주년" 기념식(중앙대 아트센터)

2013.07.18. 여성가족부 차관(이복실 차관) 총본부회관 방문

2013.08.29~30 전국 16개 시·도 지부장, 지회장 연수회

2013.12.20. 한국부인회 국민건강보험공단 감사패 수여

2014.01.06. 한국부인회 국제소비자문제연구소(IRICI) 개소

2014.01.06. 한국부인회 금융감독원 금융소비자보호 부문 표창장
수여

2014.02.28. 한국부인회 세종시 지부 설립(지부장 강석순)

2014.03.24. 2014년 한국부인회 전국 대의원 정기총회

2014.03.24. 2014년 한국부인회 전국 대의원 정기총회

2014.06.03. 한국부인회 부산시 지부 제43기 환경대학 실시

2014.06.12. "한국기업교육센터"와 업무협약 체결

2014.06.12. "한국기업교육센터"와 업무협약 체결

2014.10.08. 창립 51주년 기념식 및 훌륭한 어머니상 시상식(7명)

2014.11.25~12.15. 한국부인회총본부 건물 리모델링공사(2, 3층 내

부 및 외관공사)

2015.01.13. 2015년 신년회(법인이사와 17개 시·도 지부장)

2015.01.23. 2015년 신년회(서울시 지회장)

2015.03.25. 2015년 한국부인회 전국 대의원 정기(임기)총회

2015.04.10~11. 전국 시·도 지부장 단합대회

2015.11.17. 6개 운영기관장 간담회

2016.01.13. 한국부인회 신년회

2016.03.25. 2016년 정기총회

2016.04.15. 한국부인회 강원도지부 동해시지회 총본부 방문(소협

40주년 기념식)

2016.04.20. 금융감독자문위원회 전체회의(조태임 회장)

2016.04.21. 법인 이사회, 소비자재단 이사회 개최(조태임 회장)

2016.05.19. 법인 이사회 개최

2016.05.24. 대한민국 혁신대상 수상

2016.05.24.
대한민국 혁신대상

2016.06.29. 인터넷 신문 협약식(조태임 회장)

2016.07.20. 법인 이사회 개최

2016.11.28. 농협 목우촌 신임이사회(조태임 회장)

사진으로 보는
조태임 회장의 활동

2014.10.08. 창립 51주년 기념식 및 훌륭한 어머니상 시상식(7명)

2014.10.08. 4대악척결 여성지도자대회(서울여성플라자 국제회의장)

2014.10.15. 산케이 신문 규탄 성명서 발표 및 기자회견 개최(주한 일본대사관 앞)

2014.10.22. 한·중 업무협약 연찬회(중국 칭다오)

2014.10.30. 국민건강보험공단
"살과의 전쟁" 포럼 조태임 회장 〈청소년 아동, 비만〉 연구발표

2014.11.17.
대한민국 경찰위원회 경찰위원 임명(조태임 회장)

2014.11.20. 가금산물 합리적 소비 촉진 요리대회 개최(농림축산식품부)

2014.11.27. 건전혼례 확산을 위한 수기공모전 시상식(여성가족부)

2014.11.25~12.15. 한국부인회총본부 건물 리모델링 공사
(2, 3층 내부 및 외관공사)

2014.12.08. 〈혼례문화개선범국민운동본부〉
한국부인회가 상임대표로 출범(국회 헌정기념관)

2015.01.09. 4대악척결범국민운동본부와 경찰청과 MOU

2015.01.13. 2015년 신년회(법인이사와 17개 시·도 지부장)

2015.03.25. 2015년 한국부인회 전국 대의원 정기(임기)총회

2015.04.10~11. 전국 시·도지부장 단합대회(전남 영암 기찬빌리지)

2015.04.16. 청소년 폭력예방재단과의 업무협약식(서울시립청소년 미디어센터)

2015.05.
홈플러스 개인정보 유출 소송 캠페인
(소비자단체협의회)

2015.05~10.
국산 제철 농식품 소비확대를 위한
소비자인식개선 교육 및 홍보
(농림축산식품부 산하 농림수산식품교육
문화정보원과 소비자단체 협력사업)

2015.05~12.
저등급 숙성 쇠고기에 대한 인식 개선 교육
및 설문조사와 홍보 캠페인
(농림축산식품부 축산발전기금사업)

2015.05~11.
의약외품 염모제 가격 안정을 위한
공정한 가격 거래 및 소비실태 조사
(공정거래위원회 소비환경감시 활동사업)

2015.05~10. 육포 소비 확대에 따른
소비자 인식 개선과 합리적 소비를 위한
가격 및 소비실태 조사
(공정거래위원회 합리적
거래 문화 소비확대 사업)

2015.06.17.
청예단 총본부 방문(총본부회의실)

2015.07.07.
행정자치부 장관과
17개 시·도 지부장과의 오찬 간담회

2015.07.17.
법률소비자연맹 국정감사 NGO
모니터단 출범식

2015.07.24.
안전한 먹을거리로 만든 바른 밥상
전국 릴레이 교육

2015.07.24.
국산 제철 농식품 소비확대를 위한
소비자인식 개선 교육

2015.08.21. 국산 제철 농식품 소비확대를
위한 현장체험 (단양 한드미 마을)

2015.09~11.
건강기능식품 교육(식품의약품안전처)

2015.07~10.
취약계층 소비자교육(공정거래위원회)

2015.07.24.
국민건강보험공단 소비자교육

2015.09.11.
한국케이블방송협회 오찬 간담회

2015.09.21.
국립농산물품질관리원 축산물
명예감시원 교육

2015.10.23.
청년실업 펀드 기금 마련 기자회견

2015.11.02.
농림축산식품부 저등급 숙성 쇠고기를
이용한 요리대회(고려직업전문학교)

2015.11.16.
안전한 먹을거리로 만든 바른밥상
전국 릴레이 교육(오금동 주민센터)

2015.12.10~11.
농림수산식품문화정보원
소비자단체협력사업 워크숍
(안면도 오션 캐슬)

2016.01.13. 한국부인회 신년회(엘타워)

2016.02.03.
전통시장 살리기
특별 간담회 및 기자회견
(프레스센터)

2016.03.25. 한국부인회 정기총회

2016.04.15.
한국부인회 동해시지회 방문

2016.04.25.
한국전력, 한국부인회장과 간담회 개최

2016.04.26.
'동북아 오일 허브 투자' 활성화 방안
세미나 참석

2016.04.28.
한국이주여성연합회장과
소통의 시간 마련

2016.05.1~2.
식의약안전교실 전문강사 교육

2016.05.10
한국부인회 제1회 소비자 아카데미-
세번째 김재옥 교수 강의

2016.05.10.
한국부인회 1967년 주부학교를
2016년 제1회 소비자 아카데미로 부활

2016.05.16.
옥시 '인간띠잇기',
제2차 불매 운동 선포

2016.05.18.
식품안전의날 세미나

2016.05.23.
'동일임금의 날' 정책 토론회

2016.05.24.
GAP 소비자 교육& 캠페인 & 현장체험

2016.05.24.
대한민국 혁신경영 대상 시상식

2016.05.24.
국민건강보험공단 교육

2016.05.30. 한국국가정보학회 ,
제 4회 포럼 참석 국민행복과 안전 수호

2016.06.01.	2016.06.29
조태임 회장, 경기도 파주 적군묘지 참배	인터넷신문위원회
	-한국소비자단체협의회 업무협약 체결식

2016.07.06. 폭력없는 세상 만들기 범국민 결의대회

2016.06.19.	2016.07.19
소비자 옥시 불만 3차 행동 선언식	재한동포국적자총연합회 방문

2016.06.17.	2016.06.23.
농식품 스마트 소비 사업 현장탐방	기업은행장 학교폭력예방 4대악척결 참여

2016.07.05.
GAP 소비자 교육 & 현장체험

2016.07.26.
여름철 에너지 절약 홍보캠페인

2016.07.26.
부정, 불량식품 근절로 안전하고 건강한
식탁만들기(주부리포터)교육, 홍보

2016.07.29.
한국소비자단체협의회, 관세청
업무협약 체결

2016.09.06.
해피맘센터 건립 추진위원회 발대식

2016.09.12.
추석맞이 전통시장 장보기 및
사회공헌 기부행사

2016.09.12.	2016.09.13.
한국부인회총본부	집단소송제도 도입을 위한 발대식
(사)한국연극배우협회와 MOU	

2016.09.29 수산물소비촉진 개막행사 (가을맞이수산물대전) 참석

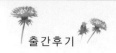

세상을 온기와 감동으로
가득 채우는 나눔과 봉사를 통해
행복한 에너지가 팡팡팡
샘솟으시기를 기원드립니다!

권선복

도서출판 행복에너지 대표이사,
한국정책학회 운영이사

세상은 하루가 다르게 발전하는데 정작 21세기를 살아가는 사람들의 마음은 갈수록 피폐해져 갑니다. 주위를 둘러봐도 아군보다는 적군이 많은 것 같고, 불안과 초조를 달고 살면서 '내 것'이 아닌 '네 것'과 '우리 것'에는 관심조차 두지 않습니다. 그러나 이렇게 각박해진 현실 속에서도 우리를 버틸 수 있게 해주는 희망의 씨앗이 있습니다. 누구나 할 수 있지만 아무나 하지 못하는 것, 바로 '봉사'입니다. 봉사는 사랑이자 나눔이며 행복인 동시에, 서로 돕고 함께 사는 아름다운 사회를 만들어 가는 첫걸음이기도 합니다.

책『감사합니다』는 평범했던 한 여성 사업가가 '봉사야말로 내 꿈을 실현시킬 수 있는 길'이라 결심하고 참된 봉사자의 길로 접어든 후 우리나라의 대표적인 여성봉사 단체이자 소비자운동 단체인 〈한국부인회〉의 회장을 맡아, 나라에 도움이 되고 사회에서 소외된 사람들을 위해 헌신해 온 한국부인회의 역사를 담고 있습니다. 2011년 모든 사업을 접고 봉사활동을 시작하면서 저자는 단 한 푼의 월급이나 판공비, 어떠한 교통비조차 받지 않았다고 합니다. '봉사를 하는 사람이 월급을 받거나 뭔가 이익을 취하면 그것은 월급쟁이에 불과할 뿐 참된 봉사자는 아니다'라는 저자의 소신 때문에 가능한 일이었습니다. 언제나 열정과 에너지로 가득 찬 저자를 만나게 될 때면 참된 봉사자의 행복한 모습이 오버랩 됩니다. '하면 된다! 나에게 위기란 없다'는 저자의 긍정적인 마인드와 전임 회장단 및 회원들의 적극적인 협조가 뒷받침되었기에 한국부인회가 더 빛을 발할 수 있었을 것입니다.

행복은 멀리 있지 않습니다. 시대가 어지러울수록 내 것만이 아닌 우리 것을 먼저 생각할 줄 아는 지혜가 필요합니다. 하나를 둘로 나누는 봉사를 통해 진정한 삶의 행복을 느끼고 싶은 분들에게 이 책이 나침반 역할을 해주길 기대하오며, 이 책을 읽는 모든 독자들에게도 행복한 에너지가 샘솟기를 기원드립니다.

하루 5분 나를 바꾸는 긍정훈련

행복에너지

'긍정훈련' 당신의 삶을 행복으로 인도할
최고의, 최후의 '멘토'

'행복에너지 권선복 대표이사'가 전하는
행복과 긍정의 에너지, 그 삶의 이야기!

권선복

도서출판 행복에너지 대표
대통령직속 지역발전위원회
문화복지 전문위원
새마을문고 서울시 강서구 회장
한국정책학회 운영이사
영상고등학교 운영위원장
아주대학교 공공정책대학원 졸업
충남 논산 출생

국민 한 사람, 한 사람이 모여 큰 뜻을 이루고 그 뜻에 걸맞은 지혜
로운 대한민국이 되기 위한 긍정의 위력을 이 책에서 보았습니다.
이 책의 출간이 부디 사회 곳곳 '긍정하는 사람들'을 이끌고 나아
가 국민 전체의 앞날에 길잡이가 되어주길 기원합니다.

　　　　　** **이원종** 대통령직속 지역발전위원회 위원장

'하루 5분 나를 바꾸는 긍정훈련'이라는 부제에서 알 수 있듯 이 책
은 귀감이 되는 사례를 전파하여 개인에게만 머무르지 않는, 사회 전
체의 시각에 입각한 '새로운 생활에의 초대'입니다. 독자 여러분께서
는 긍정으로 무장되어 가는 자신을 발견할 수 있을 것입니다.

　　　　　** **조영탁** 휴넷 대표이사

권선복 지음 | 15,00